U0894991

感动系列 | 最新版

阳光的味道

GAN DONG ZHONG XUE SHENG DE 100 PIAN SAN WEN

感动中学生的100篇散文

总主编◎刘海涛

本册主编◎黄晓娉　李　浩

九州出版社 JIUZHOUPRESS | 全国百佳图书出版单位

图书在版编目(CIP)数据

阳光的味道:感动中学生的100篇散文 / 黄晓娉,李浩主编. —北京:九州出版社,2009.4(2021.7 重印)

("读·品·悟"感动系列:最新版 / 刘海涛主编)

ISBN 978-7-5108-0038-2

Ⅰ. ①阳… Ⅱ. ①黄…②李… Ⅲ. ①散文-作品集-世界 Ⅳ. ①I16

中国版本图书馆CIP数据核字(2009)第053934号

阳光的味道:感动中学生的100篇散文(最新版)

作　者	黄晓娉　李　浩　主编
出版发行	九州出版社
地　址	北京市西城区阜外大街甲35号(100037)
发行电话	(010) 68992190/2/3/5/6
网　址	www.jiuzhoupress.com
电子信箱	jiuzhou@jiuzhoupress.com
印　刷	北京一鑫印务有限责任公司
开　本	710毫米×1000毫米　1/16
印　张	15
字　数	208千字
版　次	2009年5月第1版
印　次	2021年7月第6次印刷
书　号	ISBN 978-7-5108-0038-2
定　价	39.90元

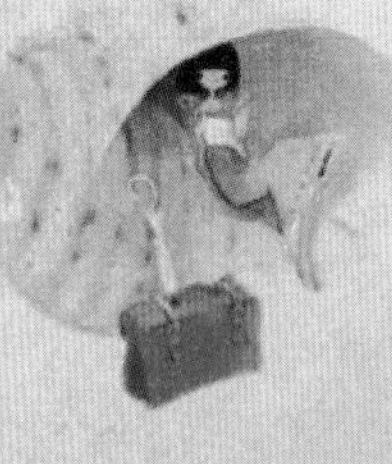

新课程·新学法·新成果

刘海涛

这是一种与以往不同的新的学习方式。

在中小学语文新课标里这种学习方式被定义为探究式学习，在高中和大学里被理解为研究式学习。同学们在教师的指导下，确立了一个探究文学问题的目标，为了解决这个问题就需要重新整合自己过去已学过的知识，重新确定新的阅读材料和阅读方法，通过自己投入身心的感受、体验以及创造性的写作去表达自己的理性认识和审美态度。这种阅读、品味、感悟的全过程就是一种语文选修课（研究型课程）要经历的全过程。这样的课程和过程，有利于培养过去的语文教学中比较忽略的鉴赏能力和语文素养；有利于激活同学们主动地创造性地进行自主学习的积极性；有利于把“成功素质教育”的实施真正落实到教与学的实处。

在大中小学语文学科的教学改革中究竟怎样有效地开发出这种带有研究性质的文学类选修课？怎样引导学生的课外文学阅读？怎样构建同学们开展研究式阅读和创造性写作的教学平台？这样一种“读·品·悟学习法”开始引起了众多师生的关注。“读·品·悟学习法”是让同学们在自己感兴趣的文体中开展广泛的有选择性的文学阅读，在广泛的文学阅读中挑选出一篇或一组真正感动了他们、启迪了他们的文学精品，并把这些挑选出来的文学精品当做他们研究社会、研究人生、研究历史，甚至是研究他们自己的案例。在赏析、解读、研究、评鉴的过程中，他们的思想、感情被文学精品隐含的意蕴激活了，他们联想了自己已经经历的生活，他们想象了自己未曾经历过的生活，他们初步学会了用一种人文社科的研究方法去探究文学案例，并创建一种他们用自己的眼睛和心灵观察过、体验过的生活世界和艺术世界。

多少年来一直被教育理论家倡导的“自主性学习”、“探究式学习”以致那种“快乐学习”、“快乐教育”的情景在这里显现了。同学们体验到了一种自己掌握自己学习的愉悦。他们好像是在大声喧闹着展开一场智力竞赛——看谁选的文章好看，看谁写的研究性文章分析到位，看谁编选的文集拥有的读者多。一种新的阅读方式在这种“竞赛”中启动了，一种真正的“我手写我口”、“我手写我心”的写作本体观在这种“竞赛”中重现了，一种“成功教育”、“快乐教育”的情景悄无声息地来临了……

他们在做着他们的老师在50岁时才开始做的主编工作，他们学会了用青少年的眼光和心灵去选择他们需要的文学精品和文学案例；他们选出来的文学精品甚至让他们的老师大跌眼镜——一些名不见经传的作者和作品频频亮相于他们的文集中——这并不奇怪，因为他们的选文标准是真正拨动了他们心弦的东西。经典的作品因为拨动了青少年的心弦他们选了，不那么经典的作品只要能拨动了青少年的心弦的他们也选。他们工作后的副产品能让许多社会学家、心理学家、青少年思想教育家颇感兴趣，因为这个“感动系列”已经成为一扇把握当代青少年学生的思想脉搏，了解他们那些或者是朴素的、或者是新潮的、或者是另类的价值观的一个窗口。他们的工作也可能会让一些当代文学的研究者、参与者颇感兴趣，他们实际上在做着一项分类准确、原则鲜明的当代文学选本工作，这样的选本可以说是为权威专家的文学选本贡献了一个特定的“补充”。他们的工作还可能会让一些课程理论专家和教学理论专家颇感兴趣，他们“读·品·悟”的全过程不正是一个典型的课程构建过程吗？

“读·品·悟学习法”催生了“读·品·悟感动系列丛书”。这套丛书的组稿与出版，显影了大中小学语文学科正在生长、发育的一种课程新理念，这就是——“审美型阅读、研究式学习、创造性写作”。这个语文新课程理念隐含着成功素质教育的内核，体现着现代教育的真正本质，也为基础教育、高等教育的课程改革培育了一个生动的教学案例。

目录

Part One
纯真岁月

如果我们觉得，曾经的岁月还有值得怀念的东西，那么就应该把它重拾起来，不必太在意别人的看法。人生中唯一值得珍藏的是不带杂质的纯真。如今，人们更多的是追求热烈、辉煌、灿烂，而忽视了对纯真的体验。纯真让我们坦承质朴，珍视毫无杂质的情谊。

目录

Part Two 至亲至爱

即使撒旦把生命从肉体剥离，即使太阳把最后一滴水从沙漠蒸发，即使狂风把世界全部摧毁，永远灿烂的也还是至亲至爱之花。

Part Three 情感画廊

在这个物欲横流的时代里，面对五光十色的生活，无论是诱惑，还是苦难，总有一种东西让我们坚守最后的底线。别离，聚集；守望，缠绵……不悔不改，都是因为心中有爱。

Part Four
水木菁华

一个人，如果在青春的时期能浓墨重彩地画上一笔，那么他无论是年轻时向前奋进，还是年老时回首过去，都会充满斗志，他的生命就会赢得一种硬度与光彩。

Part Five
成长履迹

人总渴望成功，害怕失败，但是容易忽略一点：失败也是一种成熟。在这个世界上，每一次成长总是伴随着挫折、失意、教训。如果坦然接受这些，往往会有意想不到的收获。

目录

Part Six 若有所思

轻率的行动往往是愚蠢的开始。面对困难，我们应该撇开浮躁，稳定心绪，让我们的思想深入本质，让我们的心灵洞悉世事。

Part Seven 朝花夕拾

历史需要总结。只要我们肯敞开心扉，冷静思索，那么，曾经的往事就会带给我们睿智的经验与质朴的真理。

Part Eight 人与自然

任何与我们审美相关的东西都必须和谐。和谐即是美，与动物和谐，与植物和谐，与大自然和谐。

Part Nine 非常人生

人生可能就是奋斗的过程,成功的故事,精彩的记录。

而非常的人生,则是迎风搏浪,果敢出击,抢占先机,是险峰的无限风光。

Part Ten 涉世之初

人需要经验,特别是年轻人。多一份经验,你所获得的可能是你一生的成就,一生的财富,一生的幸福。

目录

Part One 纯真岁月

如果我们觉得，曾经的岁月还有值得怀念的东西，那么就应该把它重拾起来，不必太在意别人的看法。人生中唯一值得珍藏的是不带杂质的纯真。如今，人们更多的是追求热烈、辉煌、灿烂，而忽视了对纯真的体验。纯真让我们坦承质朴，珍视毫无杂质的情谊。

天堂或许很寂寞，但我们相信，天堂有了她，就不再寂寞。

享受生命的春光

李海燕

四川省巴东县女护士王飞越身患绝症，生命即将走到尽头，她很想留一点什么给这个曾经让她温暖、让她懂得爱的世界。

可是她的全身已开始溃烂，捐赠遗体用于医学解剖和实验显然已经不太可能。一日，来探病的弟弟说，姐姐，你的眼睛好明亮哟。这句话提醒了王飞越女士，病床上的她顿时兴奋起来：我要捐献眼睛角膜。

她的遗愿，立刻遭到丈夫和女儿以及亲友们的反对，沉浸在即将丧失亲人的巨大悲痛中的他们，无法理解王飞越的做法。他们在病床前，苦苦哀劝。面对劝说，病床上的王飞越也含泪诉说：这样做，可以让两个人重见光明，难道你们不能满足我这个小小的要求吗？她支撑着写了申请书，求丈夫为她签字。

字终于签了，王飞越松了一口气。可癌细胞已经开始肆虐扩散，加之用药，造成全身水肿。如果水肿造成眼角膜损伤，就会影响角膜移植手术的质量。她忍着痛，向医生提出，保护好我的眼睛，请不要用止痛药。

伤痛折磨着她，然而她更担心的是，一旦眼角膜受到损伤，她的捐献计划将成为泡影。她提出请求:在她停止呼吸之前,现在就摘掉眼球。

丈夫和女儿,还有医生护士们流泪了。守护在一边的眼科专家们也制止了她。

疼痛不断加剧,死神临近,王飞越的一只眼睛甚至已不能闭合。她知道,生命已无法挽留。她最担心的是眼球的完好无损,为此不断地发出新的请求,而且态度十分坚决:拔掉氧气管,拔掉氧气管!

拔掉氧气管,意味着放弃呼吸,放弃生命,放弃这个美好的世界。丈夫和女儿泣不成声。这样的请求没有被采纳,她就以拒绝治疗来抵制。她如愿了,氧气管终于被拔掉。但接着,她又提出新的请求,拔掉输液管。这一次,周围的人沉默了,彻底尊重了她的意愿。

生命之花终于凋零,只有她的眼角膜被保留了下来。而且其中的一只眼角膜,竟让三位病人重见光明。另一只眼角膜也成功救助了一位病人,共有四位患者,包括年轻人和老人,分别承接了她的光明。这位从未走出过县城的女士,将光明播撒到南疆北土,播撒到遥远的地方……

她有一段临终录音,那是对承接她光明的人说的:"你好,我不知道你姓什么叫什么,我祝福你,希望你重见光明,尽情享受春光。"

天堂有爱 不再寂寞 ◎ 朱全满

很多人在死后都会选择到天堂,而真正可以到天堂的却不多。

《享受生命的春光》无疑是一篇感人肺腑、催人泪下的好文章,文中没有太多的华丽词语,仅以每日愈重的病况贯穿全文,真挚的感情油然而生。

从她的故事中我们可以强烈地感受到她的心灵拥有人世间最珍贵的东西——爱、无私、坚强、伟大。

"生命即将走到尽头,她很想留一点什么给这个曾经让她温暖、让她懂得爱的世界。"很多人临终前必想方设法待延自己的生命,她却只想留

一点什么给这个世界。她的这个举动，不是为了扬名中外，也不是为了流芳百世，只是因为这个世界让她懂得：爱就是让别人温暖、让别人懂得爱。这番爱心，这番伟大，又岂是常人所能比？

“我要捐献眼睛角膜。”她支撑着写了申请书，“保护好我的眼睛，请不要用止痛药”，“现在就摘掉眼球”，“生命之花终于凋零，只有她的眼角膜保留了下来”，“你好，我不知道你姓什么叫什么，我祝福你，希望你重见光明，尽情享受春光。”传统的坚强的定义在她的一次次令人心动的决定下得到重新定义。

“这样做，可以让两个人重见光明，难道你们不能满足我这个小小的要求吗？”她的这个遭到丈夫、女儿以及亲友们反对的决定在她口里只用一个“小小的”一词进行修饰，这不得不让人惊叹她的坚强与无私，让人肃然起敬。如果这里没有伟大，这是什么？我很难想象。

天堂或许很寂寞，但我们相信，天堂有了她，就不再寂寞。

世界上最贵重、最震撼人心的东西是爱；任何东西都无法替代、无法衡量的，也只有爱！

爱的故事

[美]安妮·尼尔森　梁　云/译

一个失去了双亲的小女孩儿与奶奶相依为命，住在楼上的一间卧室里。一天夜里，房子起火了，奶奶在抢救孙女时被大火夺去了生命。大火迅速蔓延，一楼已是一片火海。邻居已呼叫过火警，无可奈何地站在外面观望，火焰已经封住了所有的进出口。小女孩儿出现在楼上的一扇窗口，哭叫着喊救命，人群中传播着消息说：消防队员正在扑救另一场火灾，要晚几分钟以后才能赶来。

突然，一个男人扛着梯子出现了，梯子架到墙上，男人借助梯子钻进火海之中。他再次出现时，手里抱着小女孩儿。孩子交给了下面迎接的人群，随后男人消失在夜色之中。

调查发现，这孩子在世上已经没有亲人了，几周后，镇政府召开群众集会，商议谁来收养这个孩子。

一位教师愿意收养这孩子，说她能保证孩子受到良好的教育。一个农民也想收养这孩子，他说孩子在农场会生活得更加健康惬意。

其他人也纷纷发言，述说把孩子交给他们抚养的种种好处。

最后，本镇最富有的居民站起来说话了：“你们提到的所有好处，我都能给她，并且能给她金钱和金钱能够买到的一切东西。”

从始至终，小女孩儿一直沉默不语，眼睛望着地板。“还有人要发言吗？”会议主持人问道。一个男人从大厅的后面走上前来。他步履缓慢，似乎在忍受着痛苦。他径直来到小女孩儿的面前，朝她张开了双臂。人群一片哗然。他的手上和胳膊上布满了可怕的伤疤。

孩子叫出声来：“他就是救我的那个人！”她一下子蹦起来，双手死命地抱住了男人的脖子，就像她遭难的那天夜里一样。她把脸埋进他的怀里，抽泣着哭了一会儿。然后，她抬起头，朝他笑了。

“现在休会。”主持人宣布道……

爱心无价 万金奈何

◎ 吴莹莹

在火海中的女孩儿，此时只有哭泣。而面对着熊熊的大火，邻居们只能徒叹无奈，对女孩儿所做的，只有怜悯，任女孩儿的哭声由强烈变得微弱。在这千钧一发的时刻，一个陌生男人奋不顾身地冲进火海，把那女孩儿从火海中救出来。在别人眼里，他连命都不顾，一定是一个疯子。是什么力量驱使他毫不犹豫冲进火海？是爱，是对生命的爱。真挚的爱可以通达心灵的深处。在认领收养孩子的一幕里，这一点又得到进一步的证实。

那场无情的大火夺走女孩儿唯一的亲人，镇政府召开会议，商议谁来收养这孩子，其中有教师、有农夫、有富翁，他们能给孩子最好的生活，给她一切用钱可以换来的东西。可是女孩儿并不接受。对一个失去双亲的孩子来讲，她并不渴望金钱，她最渴望亲情，最渴望一份真爱。受伤的心灵需要爱来治疗。在金钱面前，她选择了爱。那位曾为她冒死的男人是最好的选择，因为爱可以为她撑起一片天，拓展一片地。在充满爱意的天地间，她可以享受到像其他父母双全的孩子一样的亲情，一样的温暖，一样的幸福。

一个陌生的男人与一个小女孩儿在茫茫人海中，只有一次相遇，却让对方成为彼此生命中最重要的人。是爱的磁力使他们的心连在一起，是爱消除了他俩的隔阂。本文篇幅简短，但令人深思：世界上最贵重、最震撼人心的东西是爱；任何东西都无法替代、无法衡量的，也只有爱！爱是一股奇妙的力量，它能让彼此的心连得更紧。爱是永恒的，爱是无价的，爱是不老的传奇，爱是最美的旋律。

我们无法忘记他们紧抱的一幕，因为那里蕴藏着无法用金钱替代的爱。

这个世界上，只有敞开的花园最美丽。

没有围墙的花园

漠　沙

米卡尔是美国北加州有名的富翁。他有美丽的洋房和大片的花园。但米卡尔也有一个令自己头疼的难题：这么多的财富肯定有好多人在打自己的主意。怎么办呢？于是米卡尔让仆人在房子四周筑起高高的围墙。

春天一到，花园里鲜花怒放，浓香飘过围墙令全镇的人们都很神往。几个好奇的孩子想：院子里肯定种着什么奇花异草。听说有一种长着大眼睛的花还会给孩子们唱歌呢。于是孩子们打起主意决心探个究竟。

朦胧的夜晚，孩子们搭起人梯跳到院子里，他们在花丛中寻找，踏坏了许多的鲜花和嫩草。后来，他们被仆人们发现，赶出了院子。

富翁大为发火，把这事讲给朋友听。朋友笑着说："为何不把围墙拆了呢？"

富翁说："那我会丢失好多的财产！"朋友笑了，说："连一群孩子都拦不住，何况身手不凡的大盗呢！"

富翁终于听从了朋友的劝告，彻底拆掉了围墙。于是，孩子们首先冲入了花园。他们仔细寻找心中的神花。结果，根本没有什么奇花异草。富翁的朋友把孩子们请进了客厅，并请他们美餐一顿，然后对孩子们说："在花园中种下你心中的神花吧！"孩子们高兴地跳起来，然后跑到花园里去了。

富翁因为拆了围墙，全镇的人们都能欣赏花园的美丽，富翁得到了全镇人的爱戴和尊敬。

一天，一伙大盗潜入米卡尔的家，准备将他家洗劫一空。刚闯入花园的那一刻就被守护神花的孩子们发现了。小卢比跑去洋房报告情况，小比尔跑去镇上通知大人们。结果大盗们被及时赶到的富翁和镇上的人们捆绑起来。

庆功宴上，富翁对所有人说："我要感谢你们，你们使我懂得了一个伟大的道理——这个世界上，只有敞开的花园最安全最美丽。"富翁的话博得了所有人最热烈的掌声。

其实，在我们的生命里也同样有许许多多美丽的花园，本以为封闭是最安全的方法，但是，却总躲不过好奇者的践踏。其实，打开那面围墙，你给了别人一片灿烂的空间，别人就会给你最真心的呵护。

乐于付出　众爱成城 ◎ 王加顿

树大招风。挣钱难，守钱更难。这也是富翁米卡尔头痛的难题。出于畏盗的心里，他闭门孤芳自赏，筑以高墙，以保心安，但围墙阻挡不住大好春光，花香"红杏出墙"，引起人们的好奇心和对美的追求，所以围墙很快被孩子们翻越，践踏花草，"夜来孩子影，草死知多少"。富翁的防线很快被击破，可谓"墙高一尺，人高一丈"。富翁亦无计可施，受气自饱。

人越是害怕的事情，就越容易发生，宛如面对空中明月，越害怕深思就越无法不深思。

富翁就此事请教朋友，朋友反向思维，竟叫富翁把围墙拆掉，初听简直叫人难以接受，这不是引狼入室吗？朋友解释说："连一群孩子都拦不住，何况身手不凡的大盗呢！"富翁终于把墙拆了。其实，与其说是拆掉花园的围墙，倒不如说是拆了心灵的壁垒。让孩子们进园参观，让全镇人都可欣赏花园，并邀请孩子们共进美餐，结果深受爱戴。"独乐乐，不如与众乐"。于是孩子们为花园添砖加瓦，于是全镇人在富翁面临劫难之时，挺身而出。

富翁说的那句话"这个世界上，只有敞开的花园是最美丽的"，说明只有用人心铸成的墙才是最坚固的。康熙年间，长城年久失修，部分已经松弛，守城官兵火速上书，欲征民赋筑城。康熙强烈反对，说万里长城为何保不住秦始皇的万世基业，而短短几十年就夭折？无他，城墙再固，也比不上人心的坚固。康熙年间成为没有修理长城的年代，但却能抵御外侵，国家昌盛，创建了"康乾盛世"。

如果富翁闭门自守，那就成为名副其实的守财奴，为自己的钱财担惊受怕，唯"金"是命，那么还有什么幸福可言？"其实，打开那面墙，你给了别人一片灿烂的空间，别人就会给你最真心的呵护"。只有对别人付出了爱，才能有爱的收获。种瓜得瓜！

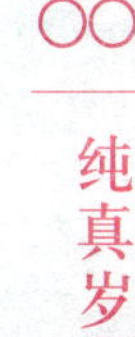

现在让我们算一笔账，如果富翁把别人置之门外，那翻墙之事将频频发生，可能花园只剩下"残花败柳"，不会赢得全镇人的爱戴和尊敬，更不会在危难之际有人出手相救。其实，富翁并没有付出多少，只是与人共赏，却赢得人心无数。如此简单，何乐而不为？

爱才是坚固的防线，孟子早已说过"城非不高也，池非不深也，兵革非不坚利也，米粟非不多也，委而去之，是地利不如人和也"。

简简单单的事情，却让人知道什么是得，什么是失。如果要快乐生活和快乐做人，就让我们共筑爱的长城吧。

悠悠的童心是美好的，是一种动人的自然美。

童心悠悠

岳　芩

当我和童年告别时，没有和它握过手，没有和它谈过心，更没向它说一声“再见”！它不知不觉地离开了我。五年？八年？记不清，算不准。

但，每当我看见儿童——捉迷藏、跳房子、办家家酒……我的血就加快了流速，全身微微发热，心里格外兴奋。每当我和儿童一起玩的时候——唱歌、踢毽子、跳绳……我就忘记了自己已是一个二十多岁的人。

我盼望每天和他们在一起。

终于和他们在一起了！

难忘啊，——我们一起在湛蓝的天空下阅读优美的散文、诗句，讲孙悟空遨游太空的故事；

我们一同在乡间田野上畅谈，又登上俏丽的小山，拾片红叶、采朵秋菊，跟着放牛娃唱牧歌；

我们在充满神秘、哲理的松坡林里捉迷藏，你找，我躲，这儿一角衣襟，那儿又冒半截脑袋，林里充满了朗朗的笑声；

……

这些声音常常掀开我童年的窗帘——

那时，我是一个充满饥饿感的孩子。

饥饿，可畏！法国的雨果说过："好奇是饥饿的粮食，每遇到它就想吃。"那么我的饥饿可算是"好奇症"吧。

因为这"病"的缘故，我很小就会拆卸玩具、收音机、安装小汽船；

知道了洋娃娃为什么会"哇哇"地叫、怎样使一块铁皮不沉水；

懂得了野鸭为啥叫候鸟、而喜鹊又叫留鸟；

想象着今后要到天宫去取桂花酒、下海里龙宫去找龙王；

因为这"病"的缘故，妈妈说我是淘气的野孩子；

叔叔因为我拆收音机打了我两巴掌；

隔壁李奶奶说这孩子长大了要翻天的；

啊，我希望我的"好奇症"继续发作下去，永远保持童心，永远在好奇中生活。永远过那追求、探索、惊奇、天真、快乐的儿童生活。

童心，童心把我带回到五十个小朋友的欢快笑声之中。

童心在跳动！在歌唱！在舞蹈！它在我的心中……

童心悠悠　追思悠悠 ◎ 谭翠华

读完《童心悠悠》这篇文章，我不由回忆起美好的童年时代。从文中的"当我和童年告别时，没有和它握过手，没有和它谈过心，更没有向它说一声'再见'！它不知不觉地离开了我"。写出了作者对童年时代的向往，后悔自己从前没有好好把握，从下文所举的例子，更加说明了作者对童年的事情的怀念，让读者难以忘怀。"啊，我希望我的'好奇症'继续发作下去，永远保持童心，永远在好奇中生活。永远过那追求、探索、惊奇、天真、快乐的儿童生活。"则更明显地表现了对童年童心的羡慕和神往。

从字里行间可以看出，"我"虽已是一个二十多岁的青年人，但仍具有可贵的童心。这颗悠悠的童心是美好的，是一种动人的自然美，他这样写的目的是告诉人们不要忘记自己的过去——童年时代。回味童年、追

求童年，构成本文在思想内容上的突出特点。

在文章里，作者巧妙地运用了对比、排比、列举等手法叙述了他再度回到童年时代的生活经历以及结果，写得完整、富有童趣，使读者看了也会产生同感。给人一种心情轻松、欢畅的感觉。但童年的远逝，仿佛一颗本属于自己的美丽珍珠忽然丢失，令人怅然，读来亦感悠悠。

别说你从来没有想过飞行这回事，别说你不曾渴望过一双翅膀或一张飞毡。

梦见飞行

[马来西亚]黎紫书

你怎么可能没有做过飞行的梦？这梦有其来处，早在飞机发明以前，早于热气球缓缓腾空。我们的祖先在山野和田里午休，枕着他们的猎具或锄头，梦见自己脚踏七色彩云，身披金甲圣衣；簪花挂红，腾云驾雾，十万八千里一个筋斗。这筋斗可翻九九八十一个花样，那是梦的速度，远在音速光速之上，也越过文学的轻舟：朝辞白帝彩云间，千里江陵一日还。

梦见飞行是人类与世间所有无翼生物的共同点。你不知道在夜空之下，月亮泛起银色的潮汐，温柔地召唤万物的灵魂。她呼唤十二楼公寓中情欲缱绻过后的我们，也呼唤野地里泥泞中倦极而眠的蚯蚓，还有水里打呼噜的鱼儿。她极有耐性地一个接一个喊，就像诺亚在点名，唤我们鱼贯进入方舟。

那方舟是上帝的意旨，载我们脱困于雨灾和巨洪。如是者梦，当生存本身苦役着我们的肉身和意志，当梦里总有未可见的恶魔在咆哮嘶吼，我不相信你没有做过飞行的梦。

也不必踩着哪吒的风火轮，20 世纪以后，我们都画不出来古老的东方神物该有的形象和轮廓。相信我，随便以双髻春丽取代哪吒的人们，都没有资格驾驭那独具灵性的筋斗云了。我们连做梦也不敢奢想那祥云，或风火轮，或神鹏，或仙鹤，或独角飞马。个人主义让我们明白梦里是我们各自修行的地方，也无须苦练，梦里的飞行总等待适当的时机，那一刻，你将发现飞行于你是一种与生俱来的能力，像鸟儿羽翼长丰就自然能测量风阻，又像一株蒲公英时候到了便能御风远行。或者你也会怀疑，多少年来梦境之所以昏昧无声，也许只为了压抑住那一只隐形的翅膀，好让飞行饱受日月精华，终于破茧而出。

别说你从来没有想过飞行这回事，别说你不曾渴望过一双翅膀或一张飞毡。阿里巴巴太遥远了，我们日益萎缩的幻想力穿不透一千零一夜织起来的网，可是你不能否认至今你仍然怀念着小叮当的竹蜻蜓。梦是你的八宝袋：竹蜻蜓、时光机和随意门就摆在你伸手可及的地方，它们常常协助你出走与逃离，让我们一再走出荒凉的岁月和干旱的命运。

别说了，如果你是炎黄子孙，怎么不明白我们体内流着大泼墨的写意的血，飞行是生命中必要的留白。因此庄周晓梦，梁祝化蝶，只因很久很久以前，我们的祖先已认定这人间已无净土。而唯有飞行，可让我们以俯瞰的视角寻觅那一座沉没的伊甸，或是远方极乐的西天。

我们古老的东方的祖先比谁都明白飞行的意义，不要告诉我是西方人发明了热气球和飞机，那是因为我们的民族耽于梦想，而别人敢于实践。即便如此，我们心里明白那些笨重的工具，并没有真正实现人类对飞行的想望。想想看，“飞”这字眼发音轻灵，尾音虚空，柔时如和风灌入空

竹，疾时如利箭穿破气层。我们梦寐以求的飞行，必如纸鸢翻飞，要与风有紧密的肌肤接触，就像鱼和水一样亲密和融合。是的，你不明白，罗丝和杰克站在“泰坦尼克号”的船头迎风招展，远比坐在海拔三万米的机舱里头更有飞行的贴身感受。就因为风啊，飞行就是你与风相拥，在万里绵延的空中滑行，她拂触你，在一次又一次惊险的大回旋中亲吻你的脸颊和发丝。飞行要是不能感觉到风速，就像旧电影中只拉动背景的驾驶镜头一样滑稽而无感，也如同跑步机上虚拟的路途，没有任何风景。

那么我告诉你，飞行的质感比较接近滑雪或冲浪，极速中一种义无反顾的酣畅，仿佛闭上眼睛扑向死神的怀抱。当然你先得明白飞行者有二，一为鹏飞，二为蝉飞。鹏背不知几千里，有垂天大翼，宇宙之大只够它一圈短途旅行；蝉翼其薄如纸，力气未逮，志不在云霄九万里，累了就在榆树上栖息。我们这般凡俗，自然不敢望大鹏项背，蝉就好了，虽然生命匆匆一趟寒暑，却也奢华地自由了一生。

能飞就好，我们老早放弃了超人那由东半球到西半球的梦，只求能身轻如燕，芭蕾舞姿蜻蜓点水。那红色披风倒还有用，它噗噗的声响让你感知风在流动，并知道自己正如何锐利地为空气开膛破肚。很久以前我们就如此向往，自组一个人人会飞的世界，那个我们称作武林的地方，是陆沉后又再浮起的伊甸，是我们梦中仍孜孜不倦地复建的巴别塔。套一句现代用语，你当明白那是一个虚拟的飞行俱乐部。

会飞，我们都曾经不言而喻地期待这么个英雄。飞行是人类力量终极的升华，超越参孙的长发、海克利斯的臂膀，它让你确定了自己对自由的渴望，我总是想，如果能够飞行，力拔山河的霸王将不会自刎于乌江畔。

说到这里，你怎么还能相信自己从未梦见过飞行？尤其是你这个披着女身的灵魂，多少年来被连衣裙和高跟鞋胶着在别人的目光中，所有的自由都压赌注在夜间一梦，就看能不能在梦里飞升。不幸的是，我们大多时候都在梦境内逃奔，有恶魔的影子长长地笼罩过来。在那些梦里，你无数次面临危难，都忽然生出飞行的勇气和能力，从高高的屋脊、长长的楼梯，伸展双臂一跃过去。梦境是一只无重量状态的锦囊，它承载你，让你变得比一根羽毛更轻盈。于是，我可以飞了。一度你以为飞行使你的存在随心所欲，可是梦又太拮据，夜复一夜，你在陀螺状的梦境内，与那面目未知的妖物，一前一后在没有尽处的回旋楼梯上追逐。

有时候你惊慌跃下，鸟一样停伫于楼梯扶手。但那恶魔的狞笑仿佛附于你的耳垂，还有黏稠的腥气嘘入你的耳窝。这梦是千百年来所有女性相同但私有的秘密，梦里封闭的空间气氛诡异，高温如一只炼丹的药炉。传说我们的祖先曾有人在此熬出了飞行的意志，她水袖一扬，回头下望尘寰，只见碧海青天，便已身在月亮。哦，月亮，谁说那不是我们想象中最远的逃离，远离人间，在九霄云端。你站在钢骨水泥的迷阵中昂首，可恶的云层总是阻挡了我们仰望神□和天堂的视线，飞行是我们凌驾它的唯一方法。翻开古籍，自古多少超尘脱俗的仙者，哪个不是清风两袖，脚踏七色彩云？

实在说，飞行并不是我们在远古所遗失的能力。我们的祖辈从来是不会飞的，因此人类才会在千万年的抑郁中，挤压出对飞行的憧憬。我们向往一切能力以外的本事，飞啊，在天堂的大门外，在上帝的足踝边。我们总以为穹苍里有我们肉眼不得见的异次元空间，并假设那里要比人间和谐与美好。我们相信，一如玄奘相信长路尽头有西天，西天有法，可度众生。这法，会不会就是飞行本身，否则这“度”，何以作超脱解？

你以为梦如此玄妙怪异、杂乱无章，但其实古往今来都有它可以贯通的脉络：梦有它的中心思想，飞行是其中一大命题。说起来，我们应该感谢梦里永远气喘吁吁在背后追逐的怪物，他刺激我们背脊上小儿麻痹症的翅膀，让它突兀地如花蕾绽开，一瞬间，释放了飞行的意念。飞，让我们巡行于时空之上，看见祖先在他们正午的梦里滑翔，寻觅一座失落的桃源。

就是这样，你何必讥嘲我如此认真去翻译梦里的语言，或考证梦中的符码。你飞不起来，总是因为你长期把沉重的现实驮在背上，已然演化成一只骆驼。要不是对飞行缺乏想象，你以为一只骆驼怎么可能穿越无际的撒哈拉沙漠。偶尔它回头看看自己重叠在沙漠上的足迹，以为世界没有层次，只是一片黄沙。那么，梦与你不过是另一方平面，而飞行被钉在那里，是一张鸟形剪纸。

飞行所以可贵，在于梦是它唯一可以着陆的地方。你只能在那里等待，骑乘它。回头，你将看见世界在你脚下，它那么渺小，只是一座孤岛。

放飞梦想　放飞自我 ◎滴　滴

黎紫书是近十年来优秀作家辈出的马来西亚华文创作圈中一个异常闪亮的名字，她曾获《联合文学报》奖短篇小说首奖、《花踪》世界华文文学奖小说首奖、散文首奖，其创作从诗歌到散文到小说，她以敏锐慎思构图，视角独特，裸呈心灵深处的原始极致，颇具震撼人心的另类魅力。

黎紫书的写作风格不同于通常女性作家多从日常生活着墨，温婉细腻情致缠绵，却有浓重的魔幻现实主义色彩。正如哈佛大学著名语言学教授王德威所说，“无论书写略带史话意味的家族故事，或是白描现世人生的浮光掠影，黎紫书都优以为之。而营造一种浓腻阴森的气氛，用以投射生命无明的角落，尤其是她的拿手好戏。”本文承袭了她的一向风格，通过描述梦境中人类对飞行的向往，表达了这样一个主题：“飞行所以可贵，在于梦是它唯一可以着陆的地方。你只能在那里等待，骑乘它。回头，你将看见世界在你脚下，它那么渺小，只是一座孤岛。”人类向往一切能力以外的本事，飞行是人类力量终极的升华，它让人确定了自己对自由的渴望，然而梦幻和现实终究有着落差，现实的不自由和梦幻的自由让人类如此的矛盾和孤独。全文如行云流水，想象纵横开阖，从古到今，由中而外，思维跳跃性很大，有很强的画面感和极高的语言技巧，使读者能在开阔的视野中读到灵魂深处最真实、最原始的欲求。

一颗纯净的心需要另一颗纯净的心的相互映照，一颗黑暗的心更需要一颗纯净的心的照耀与沐浴。由黑暗而光明，由痛苦而幸福，这是一种漫长的灵魂洗礼。

为了看看阳光，我来到世上

摩　罗

“为了看看阳光，我来到世上。”巴尔蒙特的这句话，自从我第一次读到它，就几乎一天也没有忘记过。诗人就像一个从来没有受过伤害的人一样，如此诚挚、欣喜、宁静地歌颂着大地、阳光和人欢马叫、喧腾不息的世界。

普鲁斯特在《追忆逝水年华》中，写到“我”在火车停站时，见到一位卖牛奶的姑娘：“……晨光映红了她的面庞，她的脸比粉红的天空还要鲜艳……有如可以固定在那里的一轮红日，我简直无法将目光从她的面庞上移开……”

普鲁斯特对于阳光的敏感与迷恋，给我留下了极为深刻的印象。体验阳光、体验美、体验幸福、体验纯净、体验温馨、体验柔情、体验思念和怀想。这样的精神生活，这样的心理空间，实在太有魅力。即使是受尽心理折磨的尼采，到了晚年还依然怀恋着年轻时代“那些充满信任、欢乐，闪烁着崇高的思想异彩的时光——那些最深沉的幸福时光”。那些最深刻最博大的灵魂，几乎都是既能充分体验人性之暗昧，又能充分体验阳光的明朗和温暖的人。

究竟是伤痕累累的心灵容易感到人世间的美丽温馨，还是没有受过伤害的心灵更容易感受到这样的美丽温馨？我老是被这样的问题所萦绕。也许无论是否受过伤害，一个善良的灵魂总是可以敏锐地感受阳光与温暖的。

但是，没有受过伤害的心灵，他不只是能够感受阳光，他就是阳光本身，只要你见到他，你就不难感到他的纯净、透明与温暖。这是任何受过伤害的心灵所不可比拟的。

一颗纯净的心需要另一颗纯净的心的相互映照，一颗黑暗的心更需要一颗纯净的心的照耀与沐浴。由黑暗而光明，由痛苦而幸福，这是一种漫长的灵魂洗礼。

为了看看阳光，我来到世上。

为了成为阳光，我祈祷于世上。

感受阳光，感受温暖，感受心灵 ◎暖 冬

摩罗的散文对生活有一种纯真的感知。这篇文章就像海子的诗那样简单、质朴、明澈，而又透露着无言的渴望，“从明天起，做一个幸福的人，喂马，劈柴，周游世界；从明天起，关心粮食和蔬菜，我有一所房子，面朝大海，春暖花开……”

“为了看看阳光，我来到世上”，这是一句简单而纯真的话，然而又饱

含经历过生活后的深刻体验。“体验阳光、体验美、体验幸福、体验纯净、体验温馨、体验柔情、体验思念和怀想”。即使是那些受尽生活折磨的人都会因这种体验感到温暖，感到生命之慰藉。

一个人如果至死都能保持这份纯真，那么他的一生肯定是快乐的，也是丰富的，有意义的。感受阳光，就是感受温暖、感受心灵、感受爱、感受生命和世界。世界本是简单的，本是美好的，然而是什么使得我们的步履显得如此蹒跚，使我们的生活显得如此艰难？世界本身并没有错，应该反思的恰恰是我们自己。

让我们感受阳光、感受纯净，彼此的心灵相互映照，进行“漫长的灵魂洗礼”。让我们都亮出生命的本色，做一根火柴，给世界带去光明和温暖。

他们的友谊花园是用真诚、关爱、理解、交流建立起来的，比金还要坚，比铁还要硬，任风吹雨打都丝毫不动。

起死回生的友情

方冠晴

这栋楼房是20世纪50年代建造的，楼高四层，式样陈旧，设施简陋。半个世纪的风吹雨打，加上年久失修，墙体已经裂了缝，给人摇摇欲坠的感觉。

市政府已经将这栋楼列为拆迁的对象，但楼里的居民迟迟不肯搬出去。因为这栋楼里的居民都是穷人，家里都没有什么积蓄，光靠政府发的拆迁费，买不起新的房子。

张星和侯晓就是在这栋楼里长大的。张星家住在一楼，侯晓家住在二楼。两个人在同一所小学读书，都读四年级。

张星和侯晓都是男生，两个人在学校里是要好的同学，回到家里是要好的伙伴。两个人经常在一起学习，在一起玩耍，上学放学，同进同出，友谊深厚。但是，今年夏天发生的一件事情改变了这一切。

张星和侯晓的父母都在菜市场以摆摊卖菜为生，那天，两家的大人为了争夺摊位发生了口角，到最后，竟大打出手，侯晓爸爸的头被张星的爸爸打破了，到医院缝了三针。张星妈妈的脸也被侯晓的妈妈抓破了一大片，进医院住了好几天。虽然经过居委会的调解，但两家大人的心里都积了怨气，从此成了仇人，即使是在楼道里碰着了，也都不看对方一眼。

大人间的恩怨起初并没有改变张星和侯晓之间的关系，两个人放了学，仍是一块儿玩耍，但是，张星的妈妈出院那天，看到张星与侯晓在一块儿，就气不打一处来，扇了张星一个耳光，骂张星不知好歹，要他今后不准搭理侯晓。侯晓的父母也是粗鲁的人，听到张星的妈妈在骂孩子，也跑出来，将自己的孩子揍了一顿，不准侯晓再与张星再有往来。

两家的大人都以打自己的孩子来出气，指桑骂槐，险些又发生纠纷。这样一来，张星和侯晓虽然在学校仍是好朋友，但回到家里便不敢相互串门，更不敢在一起玩耍了。

不久，暑假到了，两个人虽然住在同一栋楼内，但迫于父母的压力，仍是不敢待在一起。可是，两个人毕竟有着深厚的友谊，不能待在一起，两个人都觉得别扭。特别是张星，他的学习成绩不够好，平时做课外作业时遇到难题，都是找侯晓帮助，现在，他不敢去找侯晓，有些作业就不能完成。

两个人都很伤脑筋。后来，还是侯晓想出了一个办法：两个人虽然不能串门说话，但同一栋楼内的水管是相通的，两个人可以利用敲自来水管来传递信息。他俩约定了暗号，一次敲两下，表示需要帮助，一次敲三下，表示想约对方出去玩儿。

这办法还真行，两个人试了好几次，一个人在自己家里用铁条敲击自己家的自来水管，声音就可以通过水管传过去，另一个人就能在自己家里隐隐听到“当当”的敲击声。于是，两个人按照约定的暗号，或者躲到一起做作业，或者避开父母到一起玩耍。就这样，两个人都好开心，自来水管成了他俩的联络通道，他俩又能在一起了。

然而，就在暑假快要结束的时候，发生了一件极为可怕的事情。那天傍晚，侯晓和父母一起，推着板车，正准备去郊外运菜。几个人刚走出家门不远，就听到身后“轰”的一声巨响，他们惊恐地回过头来，发现他们居住的那栋楼房在一瞬间倒塌了，灰尘弥漫，一直扬到了半空中。

所有的人都惊呆了。可他们突然醒过神来，知道发生了什么，知道还有许多居民待在家里没能出来，人们立即冲过去，一边呼唤着他们认识的人的名字，一边搬运着那些残砖碎瓦，希望能将埋在里面的人救出来。

警察来了，消防队来了，周围的居民也来了。但空间的限制，容不下太多的人，人们只能轮流上去搬动砖块，寻找废墟下面的人。周围不时传来一阵阵痛苦的呼喊和哭泣声。

整整忙碌了一夜，才清理了废墟不到五分之一的部分，挖出了两个人，但早已是血肉模糊，死了多时了。侯晓一直在救援的队伍里面，他心急如焚，拼命地翻动砖块，因为，直到现在，他还没有见到好朋友张星，他知道，张星一家被埋在了最底层，生死未卜。

第二天，人们又整整忙碌了一天一夜，又找到了两个人的尸体。这时，楼房倒塌的原因也有了一些眉目，是住在三楼的一家住户，想在受力墙上开一扇门，结果，砸墙开门时，上面的重力失去支撑，再加上这栋楼年久失修，哪经得起这一折腾，上面的重量压了下来，又砸坏了下面的墙

体，整座楼房就坍塌了。

到了第三天，还没有救出一个活着的人，救援人员也失去了信心。按照常规分析，这样的楼房塌下来，楼内的居民是不会有生还的希望的，救援人员停止了人工清理，他们决定改用机械来清理废墟。

侯晓伤心极了，因为，张星和张星的家人还没有被找到。但是，看到一个个被找到的都是血肉模糊的尸体，他也绝望了，他不得不相信事实：他，不可能再与张星在一起玩耍了。

当推土机开进现场时，已是第三天的下午，许多人围着废墟哭泣，侯晓也一样。一想到永远失去了张星这个最要好的朋友，他就抑制不住自己的悲伤，他伏在一堆残砖碎瓦上号啕大哭。然后，他捡起了一根铁条，一下又一下地敲击着露在废墟外面的自来水管。这是他与张星的友谊的通道，他俩以前就是利用这种敲击声传递自己要说的话，度过了许多美好相聚的日子。

侯晓明明知道张星已不可能再听到他想要表达的意思，但是，他还是“当当当”地敲着，那是他与张星的暗号，意思是“我想同你玩儿”。敲完水管，他又像过去多少次一样，将耳朵贴在水管上，聆听对方的动静。他知道对方永远不会有动静了，但他仍是忍不住要这样做，他只是想以这种熟悉的动作来怀念他与张星之间的深厚情谊。

然而，让他意想不到的是，当他将耳朵贴上水管的时候，他分明听到水管的回音：“当当”，“当当”……那是他与张星之间的暗号，那意思分明是“我需要帮助”。

巨大的欣喜，让侯晓一下子跳了起来，他拼命冲向开推土机的司机大嚷大叫：“停下来！停下来！下面还有人活着！你推过去会扎死他们的！”

推土机停了下来，救援的人们也围了过来。大家对这个孩子的话将信将疑，难道真的还会有人活着？如果有，那简直是奇迹。

奇迹真的出现了。当侯晓再次敲击水管时，一个警察将耳朵贴近了水管，他也隐隐约约听到了回应：“当当”，“当当”……下面真的还有人活着！

人工救援重新开始，大家又去搬运砖瓦，寻找活着的人。这天夜间，大家终于在废墟的最底层找到了张星和他的爸爸妈妈，三个人都还活着。倒塌的房屋在他们的身边形成了一个大三角空间，张星的爸爸受了轻伤，张星的妈妈伤势较重，而张星居然是没有受伤。

三个人被救上来时，身体虚弱，嗓子都已经嘶哑了。人们赶紧把他们送往医院。后来张星才说，被埋在废墟里面，他和爸爸一直在喊救命，但因为埋得太深，再加上外面的人们一直在吵吵嚷嚷地进行救援，没人能听到他们的声音。渐渐地，他们的嗓子喊哑了，再也喊不出声音了，他们绝望了，以为不可能活着出来了。但是，就在他们悲痛绝望的时候，他听到了“当当当”敲击水管的声音，他心中又惊又喜，他知道这是侯晓和他之间的联络信号，于是，他马上用砖块敲响了头上的水管。

“当当当”，“当当当”，这敲击水管的声音，竟然挽救了一家三口人的生命；“当当当”，“当当当”，这敲击水管的声音，就是他们纯真深厚的友谊和爱心的象征。当张星和侯晓的故事在这座城市的大街小巷传开时，所有的人们都为之动容，感慨不已。侯晓的父母还主动到医院去看望张星一家人，两家人激动得热泪盈眶，重新和好了。自此之后，这座城市的人们见了面最爱说的一句话就是：“我家的水管与你家是连着的，一敲就知道了……”

真情所至　死神却步

◎ 谭青惠

人生得一知己死而无憾，这是因为真挚友谊难以觅寻，一旦拥有则千金不换。《起死回生的友情》一文正是记叙了一段生死不渝的真挚友情，从而打动了我的心。曾经有人把友情比做人生的一座花园：真诚是土壤，关爱是春露，理解、交流是温暖友谊的缕缕阳光。这篇文章所写的友情正好印证了这句话。

本文的故事情节非常紧凑，层层递进，紧扣人心，多处铺垫。一开始作者先来个楼房总描述，给人摇摇欲坠的感觉，然后写生活在这栋楼房的两个男孩间的根深蒂固的友情，在双方父母的不和睦的压力下他们创造出了一种新的交流方式，最后写楼房倒塌了，张星一家生死未卜，侯晓心急如焚，拼命翻动砖块寻找好友，场面激动人心。就在大家都绝望之际，"当当当"的声音敲醒友谊之花，就是这个交流方式，挽救了张星一家三口的生命和他们这段纯真深厚的友谊。面对这一段坚不可摧的友谊，怎能不叫人热泪盈眶？

Part Two 至亲至爱

即使撒旦把生命从肉体剥离，即使太阳把最后一滴水从沙漠蒸发，即使狂风把世界全部摧毁，永远灿烂的也还是至亲至爱之花。

母爱，犹如波澜壮阔的大海，一望无垠的蓝天，辽阔的草原，蓊郁的森林。翻滚着，蔓延着，生长着，蓬勃着，像历史的长河奔腾喧涌，永不停息，轰轰烈烈。

血色母爱

王　帛

雪崩危机

罗莎琳是一位13岁的少女，由于幼年丧父，家境贫困，常受到许多人的歧视和欺侮。她性格孤僻，胆小羞怯。看到女儿性格日益封闭，母亲索菲娅心里很难受，总想做些什么让女儿快乐起来。

2002年2月下旬的一天，索菲娅因受表彰休假，便带女儿去阿尔卑斯山滑雪，滑雪俱乐部的老板佐勒先生看见她们母女俩都穿着银灰色的羽绒服，担心万一发生事故，救援人员难以发现她们的身影，就劝她们换服装，但由于换服装要交纳一笔费用，索菲娅谢绝了佐勒先生的好意。

滑雪者只能在固定的地段活动，不能擅自偏离路线，否则容易迷路或遭遇雪崩、棕熊等意外危险，母女俩滑雪技巧并不好，但她们依然很快乐地在雪地里滑行、打滚、唱歌。不知不觉偏离了安全雪道，当她们准备返回时才惊恐地发现，她们迷路了！

索菲娅开始心慌起来，她和罗莎琳大声呼喊救助，却不知较大的声响，很可能引起可怕的雪崩。突然，罗莎林感觉雪地轻微地颤抖，同时一种如汽车引擎轰鸣的声音从雪坡某个地方越来越响地传来，索菲娅马上冲女儿大叫：“糟糕！我们碰上了该死的雪崩！”几分钟后，狂暴的雪崩将躲在岩石后的母女俩盖住了。

艰难自救

罗莎琳不知道自己昏迷了多久，等她醒过来时，发现自己的眼前一片漆黑，她正要张嘴叫喊，大团的雪粒就挤进了她的口中，把她呛得剧烈地咳嗽起来。

因为担心雪水融化进入肺部而导致呼吸衰竭，罗莎琳不敢张嘴叫喊，她只是拼命地用手指刨开自己身体四周的积雪，以使自己有更多的活动空间。

随着空间的拓展，罗莎琳感觉呼吸顺畅了一些。接着，她开始呼喊母亲，但从口腔里发出的声音显得极其嘶哑和难听，然而，她还是听到了回音。原来，索菲娅就躺在离女儿不到一英尺远的地方。罗莎琳奋力向右挪动身体，然后，艰难地伸出右手朝声音传来的方向刨雪，终于，她握到了另一只冰冷的手！虽然母女俩都看不清彼此的脸和身体，但能够紧紧地依偎在一起感受到对方温热的呼吸，已使罗莎琳的心踏实了许多。

因为索菲娅和罗莎琳的身体并不能自如地活动，所以她们刨雪的进度很缓慢，罗莎琳的十个手指头都僵硬麻木了，她还是没有看见一丝亮光，仿佛她们正呆在黑暗地狱的最底层。就在罗莎琳快绝望时，她的左手突然触到了一个鸡蛋粗的坚硬东西，凭感觉，她想那应该是一棵长在雪地的小树。

罗莎琳把自己的发现告诉了母亲，索菲娅惊喜不已，她要女儿用力摇晃树干，如果树干能够摇动，那就说明大雪压得不是太深。罗莎琳照做了，树干能够摇动。索菲娅又叫她握住树干使劲往上挺直身体，但罗莎琳这样做似乎很困难，已经严重不足的氧气使她稍微一用力就气喘不已、头疼欲裂。然而，罗莎琳知道这也许是她和母亲脱险的唯一途径了，如果

再耽搁下去，她们不因缺氧而死，也会被冻僵。她使出浑身力气一次次地尝试，终于随着一大片雪"哗啦啦"地掉下来，她看到了亮光。尽管是黑夜，但雪光仍然比较刺眼。罗莎琳艰难地站直身体后，赶紧将母亲从雪堆里刨出来，然后母女俩筋疲力尽地坐在雪地上大口大口地喘着粗气。

血色母爱

由于滑雪杆早就不知扔到哪儿去了，留着雪橇只会增加行走的困难，索菲娅和罗莎琳松开绑带，将套在脚上的雪橇扔掉了。休息了一会儿后，她们决定徒步寻找回滑雪场俱乐部的路。但是，母女俩绝没有想到的是，因为缺乏野外生存技巧，她们辨识不了方向，她们这一走就是三十几个小时！白天，索菲娅发现一架直升机在山顶上空飞过，她立即和罗莎琳欣喜若狂地朝飞机挥手、叫喊，然而，由于她们穿的是和雪色差不多的银灰色的衣服，再加上直升机驾驶员担心飞得过低，螺旋桨的气流会引起新的雪崩，所以飞机飞得较高，救援人员没有发现索菲娅和罗莎琳。

又一个寒冷的黑夜降临了。母女俩跌跌撞撞地在深可没膝的雪堆里艰难跋涉着，饥饿和寒冷的痛苦紧紧纠缠着她们。起初，她们还能够说话，但渐渐地，她们每说一句话就呼吸急促、心跳加快，为了保持体力，她们大部分时间只好沉默。困了，她们就相互依偎着在岩石旁打个盹，她们不敢睡着，害怕一睡熟就再也醒不来。

再一次迎来白天的时候，母女俩又开始了跋涉。走着走着，体力不支的索菲娅一个踉跄栽倒在地上，脑袋碰着了一块埋在雪地里的石头，鲜血立即涌了出来，染红了身前的一小片雪。索菲娅抓起一把雪抹在受伤的额头上，然后在罗莎琳的搀扶下站起来。突然，她的目光似乎被脚下那一小片被鲜血染红的白雪吸引住了，她怔怔地看着，若有所思。在极度的疲劳和饥饿中，罗莎琳伏在母亲的腿上进入了梦乡……

罗莎琳醒来的时候发现自己躺在医院里。医生沉痛地告诉罗莎琳，真正救她的其实是她的母亲！索菲娅自己用岩石切片割断了自己的动脉，然后在血迹中爬了十几米的距离，目的是想让救援直升机在空中能够发现他们的位置，而救援人员正是因为看见了雪地上那道鲜红的长长的血迹才意识到下面有人……

生命之血　母爱之河

◎ 刘明艳

血色母爱，我为之感动，为之震撼，为之惊叹！

“用岩石切片割断自己的动脉，然后在血迹中爬了十几米。”用鲜血撑起孩子生命的希望，是何等的奋不顾身！千百年来，母爱就这么义无反顾地谱写了一页页震撼人心的不朽篇章！

不由得想起一则报道，在美伊战争中一位美国士兵不幸殉亡。当他的灵柩运回国内，一位老妇人扑倒在地上泣不成声，悲切地说：“在别人的眼中，你只是个普通的士兵，但妈妈的心里，你就是整个世界啊！”我们在母亲的眼里就是整个世界！

曾经有人做过一个测试：假如你的孩子、丈夫、父母都掉进了海里，你会先救谁？在场的所有的母亲都毫不犹豫、异口同声地答道：“孩子！”孩子！在此时说出来是多么的不同凡响，孩子就是母亲的全部！索菲娅就是竭力地拯救她的世界。用鲜血换取，用精力浇灌，用毕生守护！

我无法无动于衷，索菲娅用生命与鲜血将母爱演绎得淋漓尽致。想想吧，假如我们是罗莎琳，那倒在血泊里的将会是我们的母亲，她们同样会不惜一切地保护她们至珍的财富。索菲娅为了救女儿，不得不离开女儿，犹如一场赌局，用最后的赌注，赢回所有，一切却终不属于自己——自己就是那唯一的赌注。索菲娅是何等的伟大！

母爱，犹如波澜壮阔的大海，一望无垠的蓝天，辽阔的草原，蓊郁的森林。翻滚着，蔓延着，生长着，蓬勃着，像历史的长河奔腾喧涌，永不停息，轰轰烈烈。

真切之爱是可以创造奇迹，战胜一切的。

母爱如粥

胡双庆

有这样一位母亲，她每天都和她的儿子聊天，她给他讲一些他小时候的故事：光着屁股在小河里游泳被虾刺伤了屁股，赤着脚丫蹿到树上吃桑葚被毛毛虫咬得浑身疙瘩，林林总总，他都已经忘了的事情，她总是记忆犹新，如数家珍。

她每天总是会利用一大部分时间来给他熬粥。用那种最长最大、颗粒饱满、质地晶莹、略带些翠青色的米粒，一颗一颗精心挑选。如果偶尔一不小心手指拈起了两颗，她会将它们重新放进米堆，重新挑拣。她把那些米洗得纯粹而洁净，然后放进一只棕色的瓦罐，倒上沉淀过的泉水，用柴火慢慢熬。火不能太猛，否则粥会受热不均匀。她把火儿侍候得温顺而精致，宛若一位恬静娴雅的江南女子。

熬一罐粥，通常要花费两个半小时。她小心翼翼地把粥倒进一只花瓷碗里，一边晃着脑袋，一边对着粥吹气，吹到自己呼吸困难，粥也便凉了。她微笑着用汤匙喂给儿子吃，可是儿子闭着眼睛，漠然地拒绝了她。她并不生气，微笑如昔。

第二天，继续拣米、熬粥、吹冷，并且接受拒绝。日复一日，年复一年。她的手指已经变得粗糙而迟钝，她摇晃着的脑袋已经白发丛生，她的气力也大不如从前，往往是粥冷到一半时便已经上气不接下气，必须借助蒲扇来完成下一半的降温。可是儿子依然冷漠地拒绝她。她一直微笑着，始终没有流下一滴眼泪。

这种热情与冷漠的对峙持续了8年零73天，第8年零74天，她正和儿子讲着他小时候的故事，儿子突然睁开眼睛，不太清晰地说了声："妈妈，我要喝粥。"她顿时泪如雨下——那是他自从医生宣布脑死亡后开口说的第一句话。医生说，像他这种情况，只有十万分之一的机会。

儿子那天吃到了母亲熬的粥，粥其实并不像她描述的那么好吃，有微微的煳味，而且还带有咸咸的眼泪味道。可想而知，母亲是多么不平静。

故事到这里并没有结束。3个月之后，就在儿子完全可以生活自理之时，母亲撒手人寰。临走时，她握着儿子的手，笑容安详而从容。儿子在清理遗物的时候，发现了一本母亲的病历，其实早在7年多以前，在儿子昏睡一年之后，不幸又一次降临了这个家庭——母亲被确诊为肝癌晚期。

是什么信念可以支撑一位肝癌晚期的女人与病魔对抗了7年？医生说这是个奇迹。儿子知道，创造奇迹的正是——那可怜而尊贵、平凡却伟大的母亲！

一碗米粥　一生浓情 ◎ 梁华伟

"母爱"这个题材是古老的，更是永恒的。"母爱"也是世界上最伟大、最圣洁的东西。《母爱如粥》这篇文章中，给我们展示了一段感人肺腑的母爱。

母爱的光泽很多时候不是在轰轰烈烈中表现，更多的是从琐碎、平凡的小事中闪现。平凡之中见真情。

文章第一段，母亲为了唤醒患脑死亡之后沉睡的儿子，不断地在他的耳边讲他小时候经历过的事，一遍又一遍，每一件事都是那么记忆犹

新，如数家珍。看起来平淡，但却从另一个角度表现了母亲的细心、耐心、爱心。同时，她也是想让童年的往事重新在儿子的心中扎根萌芽，用回忆去唤醒垂死的儿子。

在第二、三、四段，作者对母亲精心挑选米粒、耐心熬粥的细节进行了细腻的描写，这里没有刻意，有的只是随意。信手拈来的描写，更让人看出母亲的细腻和深沉，随和与自然，正是这样，母爱的光辉得到淋漓尽致的展现。尽管儿子每天都无情地拒绝她的一番苦心，但她依旧从容地面对儿子，微笑如昔。而且日复一日，年复一年地守候在儿子的身旁，默默地付出自己的关心和爱护。

俗语云：天有多大，母爱就有多大。母爱的付出是无条件的。也许，“母亲”的执著感动了上帝。在经过她8年零74天的努力后，母亲的付出最后得到了回报。她心爱的儿子在她的精心照顾下终于苏醒过来，从死亡的边缘归来！这时，她哭了，泪如雨下。那是高兴的泪水，幸福的泪水。多么漫长的岁月，她用自己的全部爱唤醒了一个在死亡边缘徘徊的儿子，她用自己坚强的意志打动了上苍，她，得到了回报。这不能不让人们肃然起敬。

然而，文章给读者强烈冲击力的是在她的儿子完全生活自理的时候，那位慈祥、善良、伟大的母亲撒手人寰。临走时，她依然带着微笑，表现得那么从容，那么坚强。她走得安详也毫无牵挂。因为她心爱的儿子已经过上正常的生活，她死而无憾。最后那一幕，儿子在清理她的遗物时才发现母亲早在7年前就已经被确诊成肺癌晚期。“把美的东西撕毁给人们看。”这就是悲剧的力量，而母爱也在这一瞬间得到升华。是什么信念让一个肝癌晚期的女人与病魔对抗了7年，伺候昏迷的儿子？如果没有铁一般的意志，海一样的母爱又怎么能走到现在，支撑到现在。这一刻，我们终于明白：一个母亲是不会轻易放弃自己的儿女的，即使是非常痛苦的事，她也会默默地承担下来，这就是母爱的尊贵与伟大。

文章很有冲击力，它深深震撼了每一位读者。我们震撼于母爱的伟大，震撼于母爱的真实，震撼于母爱的无私，震撼于母亲的坚强。因此，我们有理由相信：真切之爱是可以创造奇迹，战胜一切的。

试问天下有哪个父母不爱自己的子女呢？只是表达方式不同罢了，只是儿女不会领会罢了！

我与父亲的8年冷战

玉如意

我从小在父亲的棍棒下长大。从14岁那年的某一天开始，父亲就再也没有打过我了。因为，那一次，父亲的一顿暴殴，让我手臂鲜血直流，我愤然离家出走了一天。第二天，我又累又饿，特想回家，就设计了一个巧合，故意让母亲找到了我。之后，我没有再跟父亲说过一句话，整整8年。

记不清挨了多少打，反正，打过了还是老样子，想玩儿就玩儿，哥们儿一叫就结帮打架，被老师赶出教室就整天在街上混。这些事情总是很快就败露了，所以总挨打。有时也不打，父亲用要我吃肉这种独特的方式惩罚我。虽说那时吃肉的时候并不多，但我一吃肉就条件反射式地呕吐，因此父母怀疑我那超瘦型的身材与我长期只吃青菜有关。犯了事，要是家里有肉的话，父亲就跟我谈条件，用三块肉换一棍子，不许吐，我装作不同意，每吃一块就努力地扮演很痛苦的表情。父亲就说，那就一块肉换一棍子吧，我依然表情痛苦无奈地同意了。后来我吃肉已经不反胃了，甚

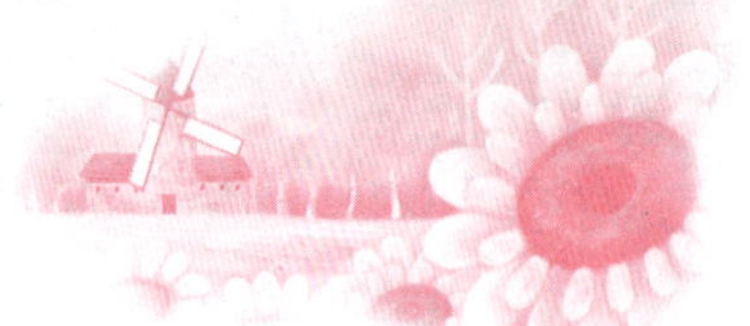

至觉得还有几分可口，但仍然装出很痛苦的表情，让父亲不挥舞棍子也得到惩罚我的快感，让他以为达到了教育我又补充了我的身体营养这一无比高明的目的。

不跟父亲说话之后，他不再管我，也不打我，也不理我吃不吃肉。这时，我故意在吃饭时老夹肉吃，大口地嚼，吧唧吧唧的，装作吃得很香的样子，气他。我用眼角余光偷看他的反应，开始他很吃惊，接着就面无表情，专心吃他的饭，我知道他也在装，心里肯定气得要命。可是后来他却常常三更半夜出去，天大亮才回来，回来时手里提着一点肉，让母亲做汤给我喝了才上学——原来他大半夜都在食品站排队买肉。可我依然没跟他说话。

我 15 岁那年考的大学，没考上像样的学校，只好在家门口上本地的大学，令他这个名牌大学的毕业生感到很丢人。我们之间依然在冷战。19 岁我大学毕业，工作了，虽说我们厂有 3000 多人，只有包括我在内的 3 个大学生，但我还是混，整天打麻将下围棋，不思上进。父亲还是冷着脸，我们还是不说话。21 岁，我混厌了，也觉得这样下去不是个事，于是就背英语单词考研。书桌上不声不响地多了几本大部头的英文词典。我知道是父亲所为，我想对他表示一下，却无从开始。考研一举成功，而且是北京的一家名校。父母都很高兴，母亲买了好酒做了好菜，父亲吃了喝了，我也吃了喝了，两人也不交谈，都只跟我妈说话，也不说我考研成功的事。那天准备去火车站，母亲给我收拾的大包小包在地上搁着，父亲扛起就走，我只得一路小跑跟着。他上了公共汽车，我也跟着上，他买了我们俩人的票；他下来，我也跟着下，依然没有一句话。我看着他扛着行李的高大背影，却竟有几分佝偻——我才想起来，他已经有 50 多了。在月台上，父亲放下行李，头扭在一边，眼睛看着别处，挺专心的样子。我看着他，等他回头看我时，我就叫他爸，可他一直不回头。我发现他的两鬓居然斑白了——我不知道自己多久没有认真看过他一眼了。想想自己的忤逆，心里产生一种内疚的感觉，有一种咸腻的东西涌出眼角，我艰难地说了声，爸，您回去吧。父亲没有反应，没扭过头来。站台上人很多，很嘈杂，我怀疑父亲没有听见。我又说了句，爸，您回去吧。他扭过头，看着我，那是我们8年来第一次对视，我分明看到他眼眶湿了。他点点头，两颗泪珠掉在他那厚厚的镜片上。他伸手拍拍我肩膀，没说一句话，却站着不动。我们就这样站着，没有再说一句话，一直到我上车，他从车窗外给我递完行李，还站着。我的泪止不住地往下滴，他的眼眶也一直湿着。火车开了，他还站着，一直到我看不见他。那次，他拍我的肩膀，是8年来我们第一次亲密接触。

现在父亲已经70多岁，腿脚也不灵便了。但话多，比以前任何时候都多。我回家时，我们父子俩有说不完的话，天南海北，古今中外，家长里短，无所不谈。而我成长中的许多细枝末节，更是他津津乐道的事。那一天，他感慨地说，那时我老打你，真不对，简单粗暴，教育方法有问题。我说，是我不学好，打还是该的。要是黑子（我儿子小名）像我小时那样不长进，我会比你打得还凶。父亲笑笑，说，那他会恨你。我说，那不要紧，只要儿子学好，成才，就由他恨去吧。我母亲就在一边笑，很欣慰地。而6岁的黑子在一旁撅嘴，哼，打我？你敢！我到法院告你去！

岁月可量　父爱难衡

◎ 窦穆丹

读罢《我与父亲的8年冷战》，我深受感动。

父亲默默地为儿子付出了一切，他对儿子的爱不像一般父母那样表现在脸上，而全部藏在心里，只默默地关心他，支持他，鞭策他。他发狂一般殴打儿子，是因为疼爱——为儿子的不争气而心急；他不近人情般地罚儿子吃肉，呕吐，再吃，再呕，也是因为疼爱——为儿子营养不良而担忧。

每当“我”打架或者干了坏事，父亲每一次不是打“我”就是用肉来罚“我”，因为“我”一吃肉就条件反射地呕吐。单这一件事，就可看出父亲

的良苦用心，他的“惩罚”其实也是爱的方式——打，是为了以后儿子变好；罚吃肉，是为了补一下我那太瘦的身子。在一次父亲暴殴了“我”以后，从此“我”就没有和父亲说过一句话，整整8年。8年中，“我”不再怕吃肉了，反而觉得很可口，就故意在父亲的面前老吃肉来气他，看了他的反应以后，心里就偷笑。这是儿子的心理。父亲呢？他常常三更半夜出去，天大亮才回来，手里总是提着肉，让母亲做汤给我喝了才上学。他虽与“我”这个儿子冷战，但爱子之情，驱使他早出买肉，且天天如此。一天两天容易，要坚持天天做到，难啊，更何况是一个这样的忤逆儿子！他有100个理由可以不理不睬这个儿子，但他没有那么做；他只有一个理由去关爱这个儿子——就只因为这是他的儿子——结果他这样做了，而且数年如一日！难道这不是父爱吗？这正是无声的父爱。虽然他平常打自己的儿子，可是他只是想让他好一点。好在后来儿子终于明白了父亲为自己所做的一切。

当小男孩要考研的时候，家里不声不响地多了几本大部头的英文词典，这也是无声的父爱。父爱是不需要时时刻刻的呵护的，它更注重行动，更显得实在。

后来，这种无声的父爱终于感化了任性的儿子。“我”要上学了，父亲送“我”去火车站，我默默地看着父亲那高大的背影，发现他的两鬓居然斑白了。想想自己的忤逆，心里产生了一种内疚的感觉。父子俩在泪眼对望中，完成了心与心的交融，共谱了一曲父子情深的赞歌。

读罢本文，我深深地体会到了父爱的伟大。父爱本无声，它只用心、用手、用行动来表达！我的父亲有时候也跟文中那位父亲一样对待我，我也曾像“我”一样跟父亲冷战过，虽不至于8年，但我从来不觉得什么内疚，只觉得那是理所当然的事。现在想来，真是汗颜！试问天下有哪个父母不爱自己的子女呢？只是表达方式不同罢了，只是儿女不会领会罢了！文章最后一句是妙笔，暗示了这种父爱是需要儿女们用心、花时间去领悟的。

我们只为生活中的柴米油盐忙碌着，却忘了无情的岁月早已将母亲甩落在那个被遗忘的角落，等我们反应过来时，却往往悔之迟矣。

母爱是一根穿针线

尤天晨

母亲为儿子整理衣服时，发现儿子衬衣袖子上的纽扣松动了。

她决定给儿子钉一下。

儿子很年轻，却是一名声誉日隆的作家。天赋和勤奋成就了他的今天。母亲能从儿子的神态上看出，他正文思泉涌。她在抽屉里找针线时，不敢弄出一点声响，唯恐打扰了儿子。还好，母亲发现了一个线管，针就插在线管上。她把它们取出来，轻轻推好抽屉。

可她遇到了麻烦，当年的绣花女连针也穿不上了。一个月前她还穿针引线缝被子，现在明明看见针孔在那儿，就是穿不进。

她不相信视力下降得这么厉害。再次把线头伸进嘴里濡湿，再次用左手的食指和拇指把它捻得又尖又细，再次抬起手臂，让眼睛与针的距离最近，再试一次。

——还是失败。

再试……

线仍未穿进针眼里。

儿子在对文章进行后期排版，他从显示屏上看见反射过来的母亲，怔住了。他忽然觉得自己就是那根缝衣针，虽然与母亲朝夕相处，可他的心却被没完没了的文章堵死了。母爱的丝线在他这里已找不到进出的“孔”，可她还是不甘放弃。

儿子的眼睛热了。他这才想起许久不曾和母亲交流感情，也没有关心过她的衣食起居了。

妈，我来帮你。儿子离开电脑，只一刹那，丝线穿针而过。母亲笑纹如花，用心为儿子钉起纽扣来，像在缝合一个美丽的梦。

儿子知道今后怎么做了。因为，母亲很容易满足，比如，只是帮她穿一根针，实现她为你钉一颗纽扣的愿望，使她付出的爱畅通无阻。如此简单。

无声润物　细致动人 ◎ 符武卫

《母爱是一根穿针线》是一篇抒情散文，以母亲给儿子钉纽扣为抒情线索，歌颂了无私而伟大的母爱。

文中用了对比和双关的手法。“儿子很年轻，却是一名声誉日隆的作家”与“可她遇到了麻烦，当年的绣花女连针也穿不上了”是一个很明显的对比。“我”今天之所以能成为有知名度的作家，固然是得益于天赋和勤奋，但更得益于“当年的绣花女”点点滴滴的付出，得益于“一个月前还穿针引线缝被子”而现在“视力下降得这么厉害”的母亲。试想，儿子的哪一样东西能离开母亲的赋予、母爱的恩赐？母亲无私的奉献，平凡的付出，却造就了更多的伟大。有人说，每一个成功的男人背后都有一个伟大的女人。那么我要这样说：每一个成功的儿子背后都有一个伟大的母亲！

文章还用了比喻的手法。作者形象地把母亲比喻成一根穿针线，而“我”就是一个“孔”，母亲用尽心思都无法穿过儿子这个“孔”与儿子沟通，因为儿子这个“孔”已被种种所谓的“工作”堵住了。悲哉！生活中的儿女又何尝不是这样呢——我们只为生活中的柴米油盐忙碌着，却忘了无情的岁月早已将母亲甩落在那个被遗忘的角落，等我们反应过来时，却往往悔之迟矣。这一比喻形象、生动，又陡然扩展了文章的内涵，可谓神来之笔。

文章的另一成功之处在于细节描写。母爱本就无微不至，唯有抓准了细节，才能把母爱的动人之处表现得淋漓尽致。文中重点描写了母亲穿针这个细节，“她在抽屉里找针线时，不敢弄出一点声响，唯恐打扰了儿子。”后来，母亲发现了一个线管，她取出来后，“轻轻推好抽屉”。这表明母亲是以儿子为她的世界中心的，唯恐打扰了儿子；她努力为儿子穿针钉扣的细节则更生动：她“再次把线头伸进嘴里濡湿，再次用左手的食指和拇指把它捻得又尖又细，再次抬起手臂，让眼睛与针的距离最近，再试一次。”母亲为了儿子，可谓已经油尽灯枯了，但她还是一心想着儿子，想着为儿子多做点什么。这种微妙的心理，如果不是这么典型的一个细节，又怎能充分表现？好文章往往不需太多描绘，有时只需一个精彩的细节就足够了。

母爱润心细无声。终于，埋头写作的儿子感受到了母爱并深受触动，想起“许久不曾和母亲交流过感情，也没有关心过她的衣食起居了”，于是“儿子的眼睛热了”，关心起母亲，结果“只一刹那，丝线穿针而过”。

母爱永远是我们心灵的港湾。无论我们航行得多远，母亲都在爱的彼岸为我们祝福、祈祷。可怜天下父母心啊！

为了母亲，我们该怎么做呢？

爱，如纯净的水，虽至淡却有味；如静静的莲，盛开却不招摇；如盛夏骄阳下的大树，为人们铺排一地清凉。让我们在周围播下爱的种子，让春天永在。

传递爱心寻找妈妈的德比

金铃子

这是发生在德国的一个真实感人的故事。一个9岁的孤儿德比为了寻找母亲，表达对母亲的爱，他每帮助一个人，就请求他去帮助另外10个人。他想，以这种爱心传达的方式，总有一天自己的母亲也会成为被帮助的对象。他对母亲的这份深沉的爱感动了整个德国，人们掀起了"10件好事"的行动，德比成了德国的小名人。然而不幸的是，德比却遇刺身亡。在他弥留之际，无数的德国母亲要假扮德比的母亲来陪伴他。爱如潮水，涌动在每一个人的心房……

1994年2月，冬天，坐落在德国北部城市科部仑兹莱茵河畔的伊特洛孤儿院的修女在门口看到一个有着金色头发的男婴。修女将他留下了，并给他取名德比。

转眼7年过去了，德比在孤儿院里健康长大，他心地善良，但性格却有些忧郁。当他知道自己是被父母抛弃的孩子，他很伤心地问修女："我的父母是不是不爱我？"修女吃惊地问："你怎么会这么想呢？""大家都这么说，我们都是被父母抛弃的孩子。"德比答道。修女安慰他："虽然我没有见过你的妈妈，但我相信她一定是爱你的，世界上没有不爱孩子的母亲。当年你母亲之所以抛弃你，一定是很无奈的。”德比没有说话，但是从此他仿佛突然长大了许多，经常独自在孤儿院的窗口眺望，寻找着他的母亲。

2003年母亲节，节日的温馨气氛再次燃起了德比对母亲的强烈渴望。那天每个电视台都在热播庆贺母亲节的节目，他们拍摄了孩子们在母亲节里为母亲奉献爱心的镜头。有一个6岁的小男孩在汗流浃背地帮父母修剪草坪，他的母亲在一旁看着儿子，激动得热泪盈眶。德比对修女说：“我也想帮我父母干活！你知道他们在哪里吗？”

9岁的德比离开了孤儿院，到附近一所小学读书。一次课上，老师给学生讲了一个故事：“古时有个皇帝，爱上围棋游戏，决定嘉奖游戏的发明者。结果发明者的愿望是让皇帝赏他几粒米，在棋盘上的第一格放上一粒米，在第二格上放上两粒米，在第三格上加倍至四粒……以此类推，直到放满棋盘。结果最后是1800亿万粒米，总数相当于全世界的米粒总数的十倍。”

这个故事让德比的眼睛顿时亮了，他受到了启发：他想如果他帮助一个人，然后请他帮助另外10个人，以这样的方式传递爱心，也许终有一天受帮助的那个人就是自己的妈妈。这个念头令德比兴奋异常，此后他每帮助别人做一件好事，别人感谢他时，他总说：“请帮助另外10个人吧，那就是对我的最大感谢！”

那些受到德比帮助的人对这个善良的孩子充满感激，更对德比这种特殊的传递爱心的方式感到震撼。他们像实现自己的诺言似的，帮助另外10个人，同时也告诉那些受到帮助的人去帮助10个人。一个用爱心编织的无形之网就这样在该市的市民中悄悄地展开了……

德比无意中帮助了一名主持人，当主持人感谢他时，他也同样地说：“请帮助另外10个人吧，那就是对我的最大感谢。”主持人感到很奇怪，问他为什么会有这样的想法，他不好意思地说：“我是孤儿，我想帮我母

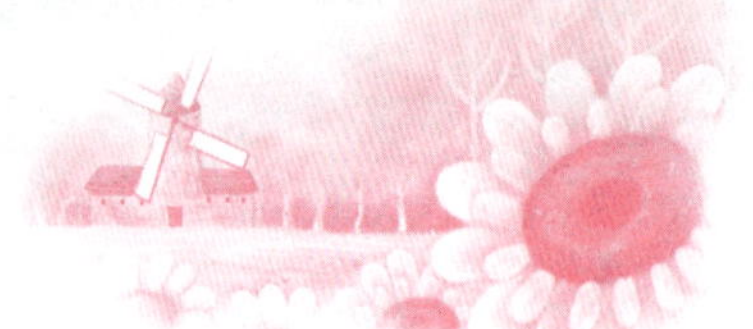

亲干活，可是，我不知道我母亲在哪里，说不定，这样有一天有人会帮助到她。”德比不好意思地说。主持人受到了深深的感动，于是他通过电台述说了德比的故事，发动大家一起帮德比寻找他的妈妈。

整个德国掀起了一股“做 10 件好事”的热潮，昔日冷漠的人们变得有人情味了，人们都盼望着自己所帮助的那个人正是德比的母亲。

德比出名了之后，给学校里的流氓盯上了，他们认为成名的德比一定有很多钱。2004 年 2 月 16 日夜晚，德比回学校的路上，被一群小流氓围住。然而他们在德比的身上没有找到钱，恼羞成怒的流氓用匕首将德比刺伤。德比倒在血泊中直到两个小时后才被巡逻的警察发现送到医院。在医院里，昏迷中的德比一直在喃喃呼唤：“妈妈，妈妈……”

自德比被刺的消息传出后，两个小时内电视台接到几百个女人的电话，纷纷表示她们愿意当德比的妈妈。一个电话是科部仑兹市的名叫朱迪的女人打来的，她的孩子几年前失踪了，一直在寻找孩子的她动情地说：“如果我的孩子像德比那样思念我，我觉得太幸福了。我希望我能成为德比的母亲，用一颗母亲的心真诚地爱他！”成千上万的电话涌向电视台，成千上万个母亲表达了她们最诚挚最迫切的心声：“让我做德比的妈妈吧！”

可是德比只有一个母亲，电视台只能选择一个人作为德比的母亲去照顾他。时间紧迫，经过大家的激烈讨论，决定让朱迪做德比的母亲。

2004 年 2 月 17 日早晨，昏迷多时的德比睁开了眼睛，朱迪捧着一束美丽的百合花出现在德比的床边，握着他的小手说：“亲爱的德比，我就是你的母亲。”德比仿佛看到了太阳一般，他的眼睛突然亮了，他惊讶地说：“你真的是我的母亲吗？”朱迪含着泪用力地点点头，在场的所有人也朝德比微笑着点头。两行热泪从德比的眼睛里滚落：“妈妈，我找了你好久啊！请你再也不要离开我，好吗？”朱迪点点头，哽咽道：“放心吧，妈妈再也不会离开你了。”德比苍白的小脸露出了笑容，他还想说更多的话，可是已经没有力气。这是德比在人间停留的最后一天，他的手一直握着朱迪的手，不肯松开，他也不愿闭上眼睛，他要多看一眼母亲，在场所有医护人员的眼泪就没有停止过。

2004 年 2 月 18 日凌晨，德比闭上了眼睛，永远离开了人间，而他那只握着母亲的手一直没有松开。

众心有爱 春满人间 ◎ 莫舒然

母爱，是挂在嘴边的唠叨，是一杯热气腾腾的奶茶……也许母爱太平凡了，以致人们常把它搁在脑后。但德比，一位从小没得到母爱的孩子却带着感激之情寻找自己的母亲，渴望向母亲尽自己的孝心。《诗经》曾这样描绘母亲的养育之恩："父兮生我兮，母兮鞠我，拊我畜我，生我育我，顾我复我。"自古以来，对父母的爱被视为极珍贵的感情。然而天气凉了，我们是否记得给父母一个亲切的问候？父母的生日到了，我们是否记得陪他们吃顿饭呢？当父母为双鬓增白丝哀叹时，我们是否会给予他们安慰说"你拥有年轻的心灵，心灵的年轻才是真正的年轻"呢？这一切，只是我们举手之劳。但我们当中，有些人未必做得到。我们应珍惜这些报答父母的机会，带着热情，就像德比那样。德比的热情被风吹到各地，随潺潺的流水静静流淌着，在空气中流动着，笼罩着每一个人，温馨着每一个人。

寻找，并不仅仅是德比所做的，他以传递爱心的方式努力让世界充满着爱。每当别人感谢德比的帮助时，德比就会说："请帮助另外 10 个人吧，那就是对我最大的感谢！"德比的话触动了人们内心最柔软的一部分。当你付出爱心的时候，快乐的感觉简直可以让你热血沸腾，那时，你会感到你最需要的并非是自己日夜殚精竭虑追求的功名利禄。一切的功名利禄仿佛都是过眼云烟，转眼即逝，它就像一只飞鸟，不肯停泊在我们的心灵。唯有感动、爱心才会让我们快乐，快乐才会带给我们永恒的幸福。一块图章，常令我们坐想行思；一个职称，常令我们殚精竭虑；一次得失，常让我们辗转反侧；一段情缘常使我们愁

肠百结；一份残羹，常使我们蹙眉于席。人生如同沧海一粟，转瞬即逝，真正的幸福是有爱心，生命中有了爱，世界上就常有春天。德比尽自己的力帮助身边的人，撒下春天的种子，让它在德国的每一个角落发芽，他坚信，终有一天，他的母亲会生活在温暖的春天中。

爱，如纯净的水，虽至淡却有味；如静静的莲，盛开却不招摇；如盛夏骄阳下的大树，为人们铺排一地清凉。让我们在周围播下爱的种子，让春天永在。

母爱岂是可以用物质来衡量的？母子之间又何来“债”？

向儿子“要债”的母亲

张治良

说一个日本的嘲讽剧明星兼导演北原武的故事。

每每想到母亲，北原武就头疼，因为母亲总是向他要钱，所以只要他一个月没有寄钱回家，母亲就打电话对他破口大骂，像讨债一样，而且北原武越出名，母亲要钱就越凶。这使北原武百思不得其解。

几年前母亲去世了。他回故乡奔丧。一回到家想到自己多年在外，没有好好照顾母亲，真亏待母亲了，不禁悲从中来，母亲虽然老要钱，不过养育之恩比海更深，北原武也就将母亲要钱的事，抛到九霄云外，号啕大哭了一场。

“妈妈……妈妈……”北原武哭得比谁都伤心。

办完丧事，北原武正要离开家的时候，他的大哥把一个包袱给了他，对他说：“妈妈交代我一定要交给你。”北原武伤心地打开小包袱，看到一本银行存折跟一封信。

“小武，你收到这封信的时候，妈妈已经不能在你身边了。你们几个兄弟姐妹当中，妈妈最忧心的是你。你从小不爱念书，又爱乱花钱，对朋友太过慷慨，不懂理财。当你说要去东京打拼，我每天都很担心你。有时半夜惊醒，向神明为你祈福，怕你在东京变成一个落魄的流浪汉，因此我每月向你要钱。一方面希望可以刺激你去赚更多的钱，另一方面也为了储蓄。

“我知道，为了这些钱，你讨厌我了，不经常回来看我，我多么痛心……你过去给我的钱，我现在要还给你……儿子啊，我多么希望能够亲手交给你这些钱！——你的母亲。”

存款是用北原武的名义开的户头，存款高达数千万日元。看完了信，北原武哭倒在地上，高喊“妈妈，妈妈”……

债本非债　情才是情 ◎ 邓景阳

本文首先吸引读者的是题目。母爱岂是可以用物质来衡量的？母子之间又何来“债”？母亲向儿子要债，这事本身就富有矛盾性和戏剧性，因此它首先能抓住读者的目光。写到这，我想起了高考作文，在众多的文章中，是否能够抓住评卷老师的视线获得高分，题目应是一个很关键的因素。本文就成功地吸引了读者。

文章一开始便引出主人翁北原武，第二段开门见山，写出其母亲每月都向他要钱，并以此为文章的线索展开，此时便开始设置悬念，母亲为什么每月都向他要钱，如果有一个月没寄钱回家便破口大骂，就像讨债一样？并且北原武越出名她要钱就越凶，读者百思不得其解，难免会认为母亲是一位嗜赌如命的女人，或是一位整天只会逛街，挥霍无度的家伙。

往好的方面想，或者是她拿这些钱去做好事去了？不得而知，这也恰是文章吸引读者的地方。

第三段写母亲去世后北原武回家奔丧，由于多年在外没有尽到照顾母亲的责任，报答母亲的养育之恩，因而痛哭一场，体现了他的孝顺和深深的爱母之情，有助后面表现文章的主题。而文章的高潮则是在第六、第七段，原来母亲所做的一切都是为了他，母亲把向他要的钱都存了起来，为的是怕不爱念书、不懂理财的他会变成落魄的流浪汉，所以用这种方式一方面刺激他努力赚更多的钱，一方面尽力为儿子把钱储蓄起来。我们先别评论其母亲的做法是否正确，只看其留给儿子的信，就足以知道这位具有典型的日本劳动妇女优良传统作风的母亲，考虑一切问题都是从儿子的角度出发，并没有为自己考虑丝毫。为了儿子日后的幸福，宁愿受其讨厌，自己痛苦。海水可以斗量，这种母爱又有什么可以衡量？作者通过这封信，把母爱的伟大表现得淋漓尽致，最后水到渠成，悬念得以释解，事情呈现真相，行文显得自然贴切。

是啊，万水千山总是情。谁人没有母亲，但有多少人能真正理解母亲微笑背后的一番苦心，又有多少人总是在母亲离开后，才后悔不能报答母亲！文章并不直接点明主旨，只是通过事例来发人深思，虽然语言通俗，但皆是肺腑之言，感人至深。母爱是默默的、无私的、永恒的！

Part Three
情感画廊

在这个物欲横流的时代里，面对五光十色的生活，无论是诱惑，还是苦难，总有一种东西让我们坚守最后的底线。别离，聚集；守望，缠绵……不悔不改，都是因为心中有爱。

它痛苦地蜷缩在屋角墙边的草堆下，不动，也不吃。用手拨它，用脚踢它，它只"咯"的一声，怒目而视，然后就闭上眼，再也不睁开，任你怎么弄，甚至将它的身子滚来滚去，它也不肯睁眼，也不肯吭声！

家鸡生死恋

沸 腾

1944 年春。我家居住的地方，是个 30 来户人家的大院子。这里有大小鸡几百只，但在我家喂的鸡中，却有两只小鸡与众不同，它俩来来去去，上下一路，追逐嬉戏，甚是亲热。

几个月后，这两只鸡长大了，原来还是雌雄一对。公的，鸡冠高耸，一身金黄色的绒衣，很是好看。它高大、威武、雄壮，足有六七斤重；母的，黄褐色，模样儿逗人喜爱，可能也有五六斤重吧。

天亮了，鸡笼一打开，公母鸡就双双走出笼来，伸伸腿、扇扇翅膀，抖动身子，接着就是公鸡围着母鸡打转转，翅膀啪啪扇动，脑袋在母鸡面前点来点去，算是调情吧，然后就踏到母鸡背上。吃过早食后，它们亲亲热热去门外了，傍晚归巢时，又是双双地回了来。

天下大雨，它们一起躲起来；岩鹰在天上盘旋，它们立即隐藏，而且公鸡总是以它肥大的身躯遮挡着母鸡；地上什么东西追赶母鸡时，公鸡都毫不犹豫地挺身而出，凶猛地上前护卫着，从不畏惧怕死。

这只公鸡，不对其他母鸡寻花问柳，而是情爱专一地守护着自己心爱的伴侣。

一天，两只鸡双双地在大院外草丛中追逐虫子吃时，不防一条大蛇突然从洞里钻出，紧紧缠住母鸡。母鸡咯咯叫，公鸡听到叫声，看到险情，立即奋不顾身，冲向前去啄蛇头。蛇疼痛地放开了母鸡，和它恶斗起来。

蛇咬，公鸡飞；蛇追，公鸡跳；蛇缠住它，它奋力啄蛇头。最后，公鸡的身子被蛇缠得细了起来。越来越细。

正在这危急关头，殊不知公鸡鼓起浑身之力，敏捷而飞快地往蛇眼一啄。蛇眼被啄瞎了，鲜血顿时渗出。蛇痛得松开了公鸡，狼狈地钻入洞里。公鸡以它威武得胜的姿态，“咯哆咯哆”地唱着凯歌，母鸡也“咯咯咯”地附和着祝贺。

两只鸡亲亲昵昵地依偎在一起。

冬月的一天，家里打牙祭吃肉。

两岁小弟筷子夹着一块大大的瘦肉，但不小心掉到桌下了。公鸡见了，一口叼住就往屋外跑，嘴里还“咕咕咕”地唤着母鸡去吃。家喂的黄狗见了，“呼”的一声追了上去，要和公鸡争肉吃。

公鸡不敢和它争斗，只能与它左右周旋。

公鸡跑到东，黄狗追到东；公鸡跑到西，黄狗追到西。公鸡跑来跑去，黄狗紧追不放。公鸡飞到墙角堆放的高粱秆上，狗腾空扑了过去。公鸡见势不妙，展翅飞到高粱秆紧靠的茅草房上。高粱秆被按倒了，鸡也飞了，狗却跃不上房子，只好眼睁睁地望着公鸡嘴上叼着的肉发愣，然后才依依不舍地离开此地。

虽然经过长时间的格斗，可公鸡嘴上叼着的肉始终未吞、未丢、未掉。它跳下地，唤来母鸡，看着“老婆”甜甜地吃着肉，公鸡“咯哆咯哆”地唱着歌，为它祝贺。

小弟非常喜欢鸡。一天傍晚鸡归笼时，母亲用玉米喂鸡，小弟见了，

也抓起玉米喂起鸡来。趁母鸡吃东西时，他顺势弯腰抓住它，抱在怀里，高兴地哈哈大笑。

母鸡咯咯咯地惊叫，公鸡不吃东西了，忙来用嘴壳啄小弟的手；小弟用脚踢它，它啄小弟的脚；小弟用棒打它，它就飞；小弟停了手，它又追拢来。小弟抱着鸡和妈说话之际，公鸡突然跳起两尺高，啄着小弟抱鸡的手，而且啄出血来了。小弟痛得放了母鸡，大哭起来，公鸡却带着母鸡，"咯哆咯哆"，得意地跑开了。

将过大年的早晨，打开鸡笼后，妈妈趁鸡出笼时擒住公鸡。公鸡"咯咯咯"地奋力挣扎，母鸡跟在后面，而且不断地用嘴啄母亲裤脚。母亲把母鸡撵开，把公鸡杀了，毛也拔了。

不一会儿，在母鸡跑来不见了公鸡，"咯咯咯"地不断地焦急地呼唤着"丈夫"，还跟母亲身前身后转了半天多。

公鸡被杀后，大院里的人清清楚楚地看见，母鸡在屋里屋外到处找公鸡，找不着，又去大院周围找，去地里找，草丛里找，去塘边、沟头找……

就这样，它找了好几天，都没能找到。它这才彻底地失望了。母鸡绝食了。

它痛苦地蜷缩在屋角墙边的草堆下，不动，也不吃。用手拨它，用脚踢它，它只"咯"的一声，怒目而视，然后就闭上眼，再也不睁开，任你怎么弄，甚至将它的身子滚来滚去，它也不肯睁眼，也不肯吭声！

又过了 3 天，母鸡竟然殉情而亡了！

爱为何物 生死相许 ◎ 谭青惠

人间多情，真爱难说，一生相伴最是难得。相信看过本文，你一定会被某种东西深深打动，不是别的，是那种淳朴的爱，真挚的爱，海枯石烂的爱。

其实，每一个至真至纯的故事，都会在我们情感上产生某种共鸣。无论是人还是物，他们的恋情一样地感人至深！只不过家鸡表现得更具天性而已。

作者一开篇就开门见山地叙述了这两只鸡与众不同，出入双双，追逐嬉戏，亲亲热热。多浪漫，多幸福。当岩鹰在天上盘旋时，公鸡总是以它肥大的身躯遮挡着母鸡。地上什么东西追赶母鸡时，公鸡都毫不犹豫地挺身而出，凶猛地上前护卫着，从不畏惧怕死，当起护花使者，让母鸡有一种安全感。就公鸡而言，这是作为丈夫义不容辞的责任。为了突出这点，文中还继续举了两个事例，一是公鸡与蛇相斗，二是公鸡与狗争肉。为了守护自己心爱的伴侣，公鸡可以奋不顾身，甚至牺牲自己也在所不辞。这是爱情的魅力所在。我们从中可以看出公鸡与母鸡双方的爱已毫无保留地给予了对方。正是因为如此，他们的爱才显得惊心动魄，震撼人心。当公鸡被杀后，母鸡每天都寻找着公鸡的踪影，寻找属于他们共有的欢歌，共有的温馨。可找了好几天，都没有找到，它彻底地失望了，绝食了，殉情而去。一场悲剧爱情就这样因为人类的口欲而产生了，实是令人为之感叹，惋惜，为之同情。

有一个人说过这样的一句话：命运把我俩撮合在一起，你身上有我，我身上有你，你我亲密无间，情同心随一路相偕到底。母鸡也与公鸡相随而去了。

在动物爱情面前，我们人类如何？

真正的爱只有相互守望，不存在生离死别。

两棵树的守望

慧 子

一粒树种被埋在瓦罐下已有些时日了，昏昏沉沉中，她忽然听到一声很轻微的爆裂声，她一下子被同类的这种声音鼓舞了，开始没日没夜地试着冲出黑暗。她的努力没有白费，在这个春天即将结束的时候，她终于咬破了瓦罐的一丝缝隙，顶出了一片嫩黄的叶子。

好不容易探出头来的她还没来得及站稳脚跟，就开始迫不及待地寻找先她破土而出的那粒种子。她发现他就在离她不远的院子里，已有半米多高了，自己却被压在一堵高墙下。

为了往上长，她拼命地吮吸着阳光和雨露，不管雷雨大作还是狂风肆虐，她都挺直腰杆努力向上。尽管瓦罐刺破了她的脚掌，墙壁磨伤了她的肌肤，她都心无旁骛，甚至拒绝了一棵向日葵的献媚，一株剑兰的示爱。冬天到来的时候，她终于长到半米高了，他却早已越过墙头，任她怎么努力也够不着他一根细细的枝条。这个冬天似乎特别漫长，她常常在寒风中抖动着她细细的枝条向他招手，他却根本没有发现她对他的仰慕。既然牵不到他的手，那就缠绕住他的根须吧。于是，她竭尽全力将根须向他的方向爬去，全然不顾瓦片的锋利和墙壁的挤压。当春天到来的时候，她细小的根须终于接触到了他的根须。

一股轻轻怯怯的缠绕终于使他注意到了她的存在，他这才发现她和她满身的伤痕。他把自己有力的根须小心地从那些伤口绕过去，再将她密密地包裹起来。

春去春又来，他的枝叶已覆盖了半个院子，他已能傲视院子里所有的花草树木了。望着他伟岸挺拔的身躯，再看看自己尚嫌弱小的身体，她似乎永远也无法达到和他并肩的高度，她有些灰心也有些胆怯了。他仿佛看穿了她的心事，根须更有力地攀紧她。她被他有力的筋骨提携着，一点一点地变高变粗。现在，她也能越过高高的墙头，和他一起倾听微风的呢喃，细数天上的白云了。

那是一个狂风大作的深夜，风狞笑着一次次向她发起进攻，每一次摇动都会使她的肌肤和石墙发生摩擦并留下道道伤痕，根部更是撕裂般的疼痛。为了减轻她的痛苦，他的身子尽量向她倾斜，像老鹰保护自己的雏儿一样把所有的枝条伸展开，全力为她抵挡向她席卷而来的风暴，他的条条根须像一根根细小的绷带，将她密密麻麻地缠绕起来。数不清的根须你缠我，我绕你，已分不清谁是谁。在暴风雨面前，他们已融为一体。

斗转星移，一个月华如水的秋夜，纷纷扬扬的米粒般的花苞轻轻悄悄地洒满了她的树冠。整座院子飘满了幽雅的清香，他一下子被这少有的奇香唤醒了，他想要叫醒她，和她一起分享这份美好。但是，他呆住了：她正以前所未有的美丽向他微笑，她身上的每一朵细小的花瓣都盛满了这醉人的清香。

他默默地注视着她，为她的美丽、她的绽放而感动。只有他知道，为了这一天，她付出了多大的痛苦和代价，那些斑斑驳驳的伤痕就是最好的证明。

天大亮的时候，一些人推倒了院墙，比比划划地来到他们的跟前："这棵桂树的花可真香啊，就留下吧，把白杨刨了。"

随着锄头的深入，他们缠绵交错的根须展露在人们面前，怎么分都分不开。"真是奇怪，两棵树的根怎么也分不开。"人们不知道，为了能彼

此拥有，他们付出了多少努力。

在白杨倒下的一刹那，所有的桂花纷纷坠地，洋洋洒洒仿佛下了一场桂花雨。过了没几天，人们发现桂树死了，倾斜着倒在白杨残余的树干上。

一生相依　一世恋歌　◎ 胡开平

人生最能感天动地的，非坚贞不渝的恋情莫属。《两棵树的守望》用拟人的手法，通过写桂花树与白杨树相识、相知、相爱的经过，表现了人世间最为动人的爱情。两棵树用他们的生命，谱就了一曲生死恋歌。

作者善于运用铺垫的手法，步步为营，步步拓展，使全文显得沉稳而自然。先写那粒树种在白杨树的鼓舞下发芽，在白杨树的保护下生长，白杨赢得了桂花的崇敬，他们的感情基础非常深厚，为后来他们爱情的发展和为爱献身打下基础。接着，他们的感情一步步发展，从初恋到热恋，他们用身上“斑斑驳驳的伤痕”和“你缠我，我绕你，已分不清你我”的根须，证明了他们爱的真挚。这是第二步铺垫，为下文他们终于赢得爱情硕果埋下伏笔。幸福的尽头往往是痛悲，苦痛的前面或许会是欢乐，这是大自然的规律，也是读者容易接受的思维规律。作者深谙此道，所以在他们的爱情之花盛开，生活盛满“醉人的清香”之时，厄运降临了，他们的爱情面临着最严峻的考验。于是，我们看到，前文所做的这一切努力，其实都是在为下文铺垫蓄势，最后白杨树死了，桂花树不忍独活而殉情，这是全文的高潮，也是前面铺垫蓄势的目的所在。

本文通篇用象征，使人读来觉得委婉而深沉，让我们看到了那种所谓的“老式爱情”，那种至死不渝的信念和傲视万物的真挚。两棵树自始至终都没有说什么，没有挂在嘴上的所谓的绵绵情话，但他们根相缠，心相通，相爱至诚，相濡以沫，最终，他们都为爱献出了一切，甚至生命。两棵树，正象征着这种感人至深的人间真爱。

我想，真正的爱只有相守相望，不存在生离死别。

他眼圈红了，她为了让自己不带负罪感地离去，居然可以把戏演得这样逼真。只是这碗面条，让她穿了帮。

鸡蛋番茄面

红高粱

他推门进来的时候，她已经很清楚他是为何而来。

他已经3个月没有回家了，关于他的故事一条街都知道，那是另外一个年轻且美丽的女人。其实他很矛盾。如果不是那个女人以死相威胁，他是没有勇气和她摊牌的。

他坐下来的时候，心居然跳得厉害，像个做错事的孩子终于面对家长。

她却很平静。就像以前他下班回家一样，她给他端来一杯茶，轻轻地问：“吃过饭了吗？”他点点头。他突然觉得她很陌生，这和从前是两种完全不同的感觉。他原以为她会冲上来骂他，打他的耳光，但此时她却冷静得让他惶恐：“难道自己在她心里并没有想象的那么重要？”这也好，他总算有个借口，把那两个字说出来。他说，我对不起你，我会在经济上给你补偿的。

她还是那么平静如水，甚至长舒了一口气，如释重负的样子。或许这对于他们都是一种解脱。她还笑了笑说，这样也好，我现在的确不适合你了，她比我好，我们都开始新的生活吧，我祝福你。

一切比他想象中的要顺利和轻松得多，他甚至在暗暗嘲笑自己过于自作多情了，现在谁还会撕心裂肺呢？再说，那笔钱，足够她下半生衣食无忧。

在他站起来准备告辞的时候，她亲切地微笑着说：“让我再给你做一碗鸡蛋番茄面吧，这也许是最后一次了。”

他的心颤了一颤。那年，他流浪到这个城市，身上没有一分钱，实在饿得不行，便去一家小饭馆乞求老板赏碗面给他吃。老板黑着脸把他往外推，她是老板的女儿，她说，爹，让我做碗面给他吃吧。

那是他一生中吃过的最美味的东西。她简直把一碗面做成了艺术品，煎得黄灿灿的鸡蛋，红的番茄、绿的葱花和白的面条，那颜色搭配得像一幅巧妙的画。后来她成了他的妻，他最爱吃的东西还是她做的鸡蛋番茄面。每一次，她都能用那几样最平常的原料做出让他拍案叫绝的佳肴。

她下厨的时候，他心里涌起一种深深的痛惜，他以后再也吃不到这样的面条了，但转念又想，现在自己这么阔，吃什么不行，还在乎这碗面条。

面条很快端到了他的面前，令他惊诧不已的是，她从来没有把面条做得如此糟糕过，鸡蛋糊了，番茄煮烂了。他皱了皱眉，挑了两根送到嘴里，很明显，她忘了放盐。怎么会是这样呢？

他眼圈红了，她为了让自己不带负罪感地离去，居然可以把戏演得这样逼真。只是这碗面条，让她穿了帮。他三下五除二地把这碗面条吞下肚，站起身来，他知道自己该怎么做。这面条，他准备吃上一辈子。

用爱化解爱的危机 ◎ 梁燕金

《鸡蛋番茄面》最初吸引我的地方是它的题目。我是个贪吃的女孩儿，对于一些家常小菜很感兴趣，我可以品味出里面的味道。但当我“吃完”这一碗“鸡蛋番茄面”后，感兴趣的就不仅仅是这些了。

首先是故事的内涵。在《鸡蛋番茄面》里，不管女主角掩饰得如何好，总会有有破绽的地方，“她从来没有把面条做得如此糟糕过，鸡蛋糊了，番茄煮烂了”，这是为何？因为心中之爱就要消失。然而，我们不得不为女主角的大度与智慧鼓掌喝彩。“让我再给你做一碗鸡蛋番茄面吧，这也许是最后一次了。”为了挽救他们的幸福，她欲擒故纵，成全他，让他去追逐他的幸福。这令我想起一首歌：很爱很爱你，所以愿意不牵绊你，让你往更多幸福的地方飞去，很爱很爱你，只有让你拥有爱情，我才安心。试想一下，一个在纸醉金迷中迷失爱的方向的人，用什么可以点醒他？撒泼？威胁？都不是。理解、温存、体贴、付出、宽容才是解决危机的秘诀。婚姻是什么？讲白了，就是身上的皮袄，穿着温暖、过得踏实、觉得惬意。其实，爱一个人很简单，只要用他（她）内心深处最初的感动去感动他（她），就可以获得心中之爱，比如一碗鸡蛋番茄面。

其次是文章的写法。这篇作品能在短小的篇幅里抓住一个生活片断，写出一个完整的，有声有色的故事，并且把一些深层的东西挖掘出来，让我们了解，让我们感动，实属不易。

生活之美，离不开真情和至爱的点缀。

爱是一棵月亮树

[美]玛丽·格丽娜　周庆荣/译

自从看到你，亲爱的，我就深深地爱上你，说不出为什么，有一种声

音，它好似从很高的地方滑落。我仰头，月亮出奇的白，一棵树在悄悄地刻画阴影。

我的心灵，已经被那么多绿色的叶子塞满，看到你，我就想把它们编成美丽的叶环。如果有一天，你走出月亮树，这叶环会围绕你，我的红红的唇是绿叶中羞涩开放的红梅花。

你的目光总那么冷峻，我不敢看月亮，月亮树是魔鬼，你轻轻地一跃，像只骄傲的雄鸟，而我的双目只有悲哀，泪水像月光，你可以伸展你的肢体，撕碎月的完整。我这颗年轻的心失去了平衡，站在月亮树下，想着爱的落寞，早升的黄昏星消失了，天上的霞霭在乱飞，我的心却没有归宿。

亲爱的，月亮枝结果子吗？在欧罗巴，据说月光下的果子是酸涩的。梦中的月亮树永远结不出果子。七叶树上荡秋千有多美妙啊，整个夏天的傍晚都像波浪在摇晃。

我的柔嫩的小手向你张开，如莲花蓓蕾刚刚绽放。在走到你身旁之前，我是一株无忧树。可现在月亮树在我心中建起一座宫殿，为了你，我把一些无用的东西都编成月亮树的模样，我的世界里没有你，到处是你。

你又说，爱是一棵月亮树，这一次我哭了。

黑夜，蟋蟀在树林里鸣叫，那曾经灿烂过的微笑，那曾经闪烁过的泪珠，那曾经绚丽过的紫丁香，在你和月亮树面前，都变成一片白色的死亡。

那么，亲爱的，就让我去死吧！这个世界有太多的匆匆过客，他们都能任意漫游，他们的脚上散发着草香，他们的脸庞，闪烁着喜悦的光。他们从哪里来，又从哪里去，这些对我都微不足道了。

月亮树没有坍塌，我只有无边的悲哀。

约翰在菩提树下弹那把六弦琴，多少个夕阳黄昏，多少个旭日早晨，他弹着同一支曲子，我曾喜欢听见它，但我不能走近约翰，因为，我早已把自己交给了你。你能使人世间一切妩媚动人的姑娘，摒弃虚假的骄傲，拜倒在你的脚下。

爱，是一棵月亮树，一棵月亮树，亲爱的。虽然它不结果子，抑或结出的果子也是苦涩的，但我愿意，亲爱的，我愿意是遮住月亮树的一朵悲伤的云。

精致之语 纯真之情 ◎ 陈祝银

所有文学，几乎都是写情的，到底感情是什么呢？《爱是一棵月亮树》向我们阐述了一个爱的真谛。

生活之美，离不开真情和至爱的点缀。《爱是一棵月亮树》用优美的语言向我们阐述了爱的真谛，真爱是无私的。我们爱一个人，就是要让对方快乐幸福，不管结果如何，都心甘情愿地为对方付出。这种无私的圣洁的爱情把我给感动了。

另外，这篇文章的语言也值得一提。本文用了大量的比喻，使文章显得生动形象，富有诗情画意，有一种含蓄美。

“我的红红的唇是绿叶中羞涩开放的红梅花。”你看这比喻多贴切呀！把那种圣洁的爱情形象地描写了出来。“你轻轻地一跃，像只骄傲的雄鸟。”这句话把对方的高傲形象表达了出来。这些比喻生动逼真，使文章读起来有一种诗意的含蓄美。

“月亮树结果子吗？”“我”问了对方一个傻傻的问题，其实她是想问对方“我们之间的爱情有结果吗？”然后作者又说，月亮树不结果子，抑或结出的果子是苦涩的。“我”明知道两人之间不会有好的结果，可还是忍不住问了对方，说明“我”对对方还抱着一丝丝的希望，还在等待着奇迹。“我的柔嫩的小手向你张开，如莲花蓓蕾刚刚绽放，在走到你身旁之前，我是一株无忧树，可现在月亮树在我心中建起一座宫殿，为了你，我把一些对我无用的东西都编成月亮树的模样，我的世界里没有你，到处是你。”这简短的几句话把“我”那种随时奉献的精神具体地表达了出

来。"我"在没遇到对方时,情感世界是一片空白,无忧无虑,可遇到对方后,不再是单纯的了。这里面装满了对方的影子,为对方而喜,为对方而伤。"我的世界里没有你,到处是你"一句,乍一看似是病句,实际上却内蕴丰富,跨度虽大却显得灵巧,表明虽然对方离开了,但满脑子里还是对方,装满了对方的影子。这爱,爱得这么的深沉,这么的彻底。

总的来说,这篇散文的语言凝练、优美,又自由灵活,接近口语,富有诗情画意,使人读后不由自主地细细咀嚼,慢慢品味。同时,它的思想也给人一种美的享受,一种超凡脱俗的纯美的感受。经不起细细玩味的语言不是好的语言,不能在读者心灵激起波澜的思想不是好的思想。本文文质俱佳,不可多得。

我们常常会忽略身边的美,不去珍惜那些属于自己的东西,倒傻乎乎地想着别人的比自己的好。

满架荼蘼一院香

阮小渔

从一开始,流年就注定了是他生命中的一朵荼蘼(tú mí)。

本来,她是想做一棵榕树,殷殷地替他开枝散叶,蔽一方阴凉。不知为何,他却错过了她的真心,令她寂寂地在藤架上开了自谢。

识得流年时,石阶已经娶过妻。妻子管弦 3 年前大病亡故,撇下他和女儿锦衣。她原是他大学时的同学,人生得美,性子又出奇的温婉。石阶真不能接受她竟然就这样离去。从此他是巫山沧海，对别的女子，是瞧也不肯瞧上一眼。

而遇见流年，是在一场喜宴上。

六月的天气，忽然便下起雨来。石阶坐在靠门边的位置上，流年匆匆走进来时，头发梢还挂着细细的雨珠。宴会里人声鼎沸，流年踌躇地站在那里，雨珠顺着脸庞滑到颌下，倒似一滴眼泪。石阶向她指指身边的位置，她感激得朝他一笑。

喧闹间，他们是一对沉默的宾客。

流年吃得很少，端着一杯殷红的喜酒抵在唇边，不时喝上一口。那如血的颜色衬着她微黑的面孔，竟使这喜宴多了股说不出的悲怆。石阶低下头去，看见她一双白鞋儿上溅着泥点，忍不住掏出纸巾递给她："擦擦鞋子吧。"

流年一怔，仍然微笑，清冷的大眼睛里却没有表情，眉宇间一股孤傲。

后来她问他："你叫什么名字？"有点天真的模样。

"石阶。"

她呵呵笑道："石阶夜色凉如水。"

他知她改了诗句来笑他的一脸沉静，亦微笑道："正是。"

她便告诉他自己的名字。以后，石阶才知道，流年是一名孤儿，自小遭父母的遗弃，名字由育婴院取下，她甚至没有姓。流年说起这些时，脸上是一贯的清高。看在石阶眼里，像是个没有来得及长大的孩子，但有了一颗忧郁的心，他不由得怜惜她。至于是不是爱，石阶自己也是迷茫。

女儿锦衣常常用一双大眼睛静静地望牢他们。小女孩长得酷似母亲，恍惚间石阶仿佛听见妻子幽怨地同他说："思君如满月，夜夜减清辉。"心里便凉了三分。

他怕流年因此厌憎锦衣，但流年只是说："替女儿取下'锦衣'这样的名字，必定是希望她以后同小公主一般，不识人间疾苦吧。真希望我也有

那样慈爱的父亲。”

春去秋来，小小锦衣也渐渐长大。

石阶终于娶了流年。他不明白是否真爱她，但是耽搁了她整整 6 年，他始终感到于心不忍。

流年搬进石氏祖屋与他们父女同住，锦衣仍然叫她“阿姨”，流年在婚礼上只穿了件珍珠白的小礼服，还是看得出她十分满足。流年醉心于家庭生活，每日下班急急从报社赶回来洗手做羹汤。她嗜辣，而管弦是江南人氏，石阶和女儿都吃惯甜食。吃着流年做的菜，石阶辣得险些落泪，猛然想起管弦清淡如莲的笑容，眼泪便簌簌地流下来。

只是去年秋，如何泪欲流。

原来这么多年，他一直不能忘记管弦。

流年有时候把报社的工作带回家来做，石阶拿起来看看，言辞锋利，同管弦文字中的风光霁月大异其趣，不禁失了兴致。倒是流年热切地望着他，他只得说：“一支笔不要太尖锐。”

流年呆了半晌才说：“不尖锐如何警醒世人，生活本不是一罐蜜嘛！”

石阶恻然。真的，流年不是人间富贵花。

而管弦，管弦是一朵谷中百合。

他怀念她的芳菲。

流年眼睁睁看着他时常念起纳兰性德写给亡妻的词，心里像是有把钝刀子在割，痛得厉害，却流不出血。

他们之间慢慢少了对白。

流年在院子里搭上一个花架，移来几枝藤蔓种下。石阶从来没有见过那样小而阔圆的叶子，去问流年，流年笑而不答，忽然温柔地说：“等枝叶发齐，夏天便可搭一只秋千。将来有了女儿，好来游戏。”

石阶听见，只觉得异常遥远、空洞地应了一声“好”。

流年低低地自语道：“名字我已取好，叫她荼蘼。”

石阶一惊，去查百科全书。书中说：荼蘼，枝藤蔓，叶小而绿，夏季开花，白色；是夏天最后开的花。才知道流年种下的，便是一架荼蘼。

隔年夏天，那藤蔓上果真发出一簇簇小小的白色花朵。流年最爱站在架下深深地呼吸，问他可闻见那香味，他一径摇头。流年脸上便显露失望的神色。

一次她改了诗句念给他听："一架荼蘼满香院，钟鼓楼中刻漏长，独坐黄昏谁是伴，紫薇花对紫薇郎。"

石阶听了心里一酸，他知道纳兰诗中也说"紫薇郎是薄幸郎"。其实，他不是无情的人啊。只是情到深处情转薄，流年——她是来得太迟了。他无奈地想：心字成灰，唯愿结来生吧。

当她再问他可有闻见荼蘼花香时，他打定主意摇了摇头。

她那时的失望，终于转成了绝望。

荼蘼花还没有开谢，流年就提着一只箱子，像当初进来时一样，默默地离开了这个屋子。她仿佛不曾留下任何痕迹，只余那一架荼蘼兀自开着。

锦衣也去了外地念大学，石阶一个人更加消沉，煮一碗面便当做一餐。不知何时起，他习惯了在佐料里放许多辣椒，再也不会被辣得流泪。亦爱上辛辣的烈酒，提一壶坐在花架下自斟自饮，喝得半醉，叫出的名字竟然是"流年"。

管弦呢？那么刻骨的思念是否只因为伊人已不在身边？

石阶一阵疼痛，满室翻找，只盼能寻得流年的一点踪迹。可是她消失得干干净净，只在书里找到一张纸条。上面有她清瘦的字体，写着：开到荼蘼花事了。

她原来一直为他静静开放，问可闻见她的花香。因为太沉溺过往，他疏忽了身边的花香，他一直以为，那小小的白花，是没有味道的。但等到醒悟，却发现她已开谢。

谁知道一架荼蘼，竟也满院的芬芳？

石阶想起被自己蹉跎的流年，不禁怔怔地落下泪来。

劝君惜时 莫待花凋 ◎吴 寿

茶蘼本是一种植物，这里以物喻人。作者用委婉的手法，首先对流年悲怆的命运做了个概括，接下来再慢慢展开。

事情的起因是管弦的病故，整个事件看起来似乎和管弦没有什么联系，但仔细想想，觉得又是由管弦引起的。虽然管弦在文中只是略有提到，但她在文中作用不可忽略。如果不是她的病故，石阶也不会萎靡不振，也不会和流年发生那段恋情。

石阶和流年相遇更是曲折离奇，喜宴本是好事，但却铸造了一段悲剧，两人的相遇似乎不冷不热，但两颗炽热的心正好交织，互生好感，流年说话的孤傲，“石阶夜色凉如水”写出石阶的冷漠和流年的才情，但他们都没有在表面表现出来。其实石阶对流年究竟是爱或不爱也很迷茫。

后来石阶娶了流年。结婚本是恋人间的事，但石阶并非出于此意，只出于对流年的怜惜，流年嗜辣，石阶和女儿不嗜辣，他们在生活上发生分歧，这也是心理的表现，说明石阶并不完全接纳流年，而是只想管弦。

流年在院里种下茶蘼，这是全文的高潮，其实茶蘼是流年的象征，具有同样命运。两者皆芳香，只可惜别人未能发觉她们的好。流年两次试问石阶是否闻到茶蘼的清香——这也是流年心底的话，问石阶是否发觉流年的好，是否接纳她。但石阶始终迷茫，他未曾发觉茶蘼的清香，就等于未能发觉流年的好。“一架茶蘼满院香，钟鼓楼中刻漏长。独坐黄昏谁是伴，紫薇花对紫薇郎。”这样的日子，终使流年走向绝望，离开石阶。离开后，石阶才发觉自己其实是爱流年的，才发觉流年的好。只可惜伊人已不在，只剩下思念、悔恨。

其实现实中并不缺乏这样的例子。比如，我们常常会忽略身边的美，不去珍惜那些属于自己的东西，倒傻乎乎地想着别人的比自己的好。

劝君折花当惜时，莫待花谢空折枝！

“悲哀和天堂中的云一样，它安静地存在着。一天，天空阴下来了，它化为雨，突然落在我们的心头上。”

悲　　哀

麦　琪

我的小邻居安安尼，6岁，和母亲一起从加拿大移民到澳洲，她非常想念她的父亲，“他们离婚了，”她说，她的蓝眼睛里流露出的不是一个小孩子所应有的悲哀。

“我长大了以后是不是也会离婚，像我妈妈一样不幸福？”

“你的妈妈曾经是幸福的，不是吗？”我问她的时候，她就盯紧我的眼睛认真地点点头。

她那种专注的样子就像是针一样，紧紧地扎在我的心里，我感到有一种责任，一种我对于任何人都从来没有感到过的责任。那大概是一个大人对于孩子才有的责任，近乎一个母亲的责任。

“那么她还会找到那样的幸福的，你的爸爸也会的。你呢，也会找到你自己的幸福。”

她使劲地点点头，好像懂了似的。

“悲哀是什么？”她问。

“悲哀和天堂中的云一样，它安静地存在着。一天，天空阴下来了，它

化为雨，突然落在我们的心头上。”

“没有悲哀多好，为什么妈妈老是说她很悲哀？”

“你悲哀吗？”

“我非常想念爸爸，想念爸爸的时候我是悲哀的。”

她又说：“但是，我妈妈说我们最好把他忘了。”

“你同意吗？”

“不，我不想把他忘了。”

“那就对你妈妈说，你不同意好了。”

“妈妈会生气吗？”

“不会的，生气的话你就来找我，我来和你妈妈说。”

“好吧。她说你是中国人。中国很远吗？”

“非常远。”

“你不想念你的爸爸吗？”

“想的。”

“所以你也悲哀，是吗？”

眼泪突然涌上了眼眶，我发呆地看着她，好像这个说话的小人儿是一个梦一样。每次我在门口遇到小安安尼，每次她那双美丽的蓝眼睛那么专注地看着我的时候，我都感到紧张。

酝酿温馨 创造幸福 ◎ 谢亚妹

翻开词典，“婚姻”一词的含义便陈显在眼前：因结婚而产生的夫妻关系。

一谈到婚姻，我们的脑中都会产生一种美满的想象。然而，随着时代步伐的前进，人们的生活水平越来越高，离婚率也越来越高，这不仅体现在普通人老百姓身上，甚至连皇室贵族们也一样。虽然他们的婚姻如童话般神奇，但结局却也有着些许的不完美。荷兰公主马格历塔·波旁、泰国乌汶叻公主、摩纳哥卡洛琳公主等，她们的婚姻都是以失败告终。但这并不意味着我们要对婚姻产生恐惧和害怕。

小安安尼由于父母的离异，对未来的婚姻产生了怀疑和恐惧。全文通过安安尼的神态描写，写出了父母离异给小安安尼造成的心灵创伤。“悲哀”一词恰当地表现了小安安尼的心理。文章也反映出了孩子们内心里对美满家庭的深深渴望。

读罢此文，不禁想对那些遭遇父母离异的孩子们说：拥有婚姻的人生才完美，大多数婚姻都能带给我们幸福的享受。父母婚姻的失败是不幸的，造成这一结果的原因复杂多样，但它并不会影响我们感受温暖的母爱和父爱。不要因为遭遇不幸而心生恐惧，只有对未来充满希望，才能吸引幸福降临到自己身上。

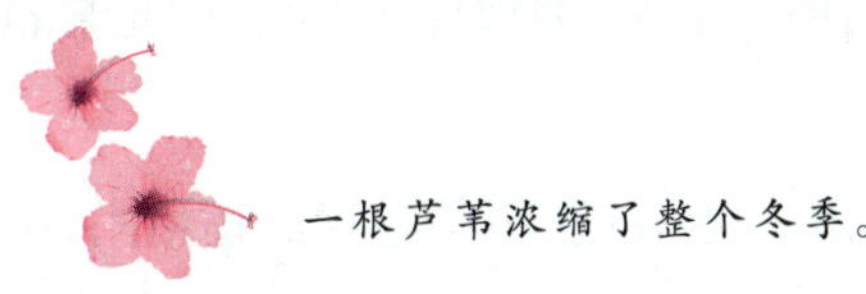

一根芦苇浓缩了整个冬季。

冬日的芦苇

陈晓君

远去的雁阵，是一行平白直露的句子，冬季来临，飘零一地的往事。

那天，我们相遇在一片陌生的林子里。

冬日湖边，大片大片的芦苇在风中摇曳成了一缕缕裂碎的素帛，倒映在水里，剪影斑驳了一湖。

我看到有蝴蝶飞过，却不留下痕迹。你我不经意的一瞥，一丝不易察觉的快意在蝶翅中传递，忽略了周围的喧闹，甚至忽略了那场黄昏时该来的雨。

你带着一腔才情缓缓走近我，递给我一大束芦苇，我接过来，笑了。我说这芦苇真好看，你明亮的眸子里盈满浓浓的笑意。然后镜光一闪，我还不明白这是怎么回事，风景在霎时已定格。我知道，有一种叫做思念的野草将会蔓延整个冬节。

也许正如徐志摩一语："我是天空的一片云，偶尔投影在你的波心……"你我都是黑夜中行驶的两艘船，有各自的方向，各自的轨迹，但上天仍要制造一分美丽的邂逅，在这个冬日陌生的林子里。就像季节与季节擦肩而过一样，许多故事还没有开始便注定没有了主题。我们还来不及反省，来不及演绎，甚至来不及后悔，便匆匆走过了七彩青春中最浪漫的一页。

时间袅袅在野菊的幽香中缓缓淡去，附在蝴蝶的翅膀尖渐行渐远……

分别之时，我们相对无言。你挥挥手，远去的足音也成了我心头律动的天籁。

下雨了，不是江南的杏花雨，不是宫殿的梧桐雨，也不是雨巷的丁香雨，是心雨，它在我心里滂沱。

我采下一根芦苇。

一根芦苇浓缩了整个冬季。

巧用象征　意味深长 ◎ 佘彩欢

冬天来临的时候，你有没有回想起一段或心碎或浪漫的往事。

本文让我顿悟：每个季节的每一棵小草都记载着一段故事——有结局的，或没有的。

文中运用大量的景物描写。"远去的雁阵"、"陌生的林子"、"冬日湖边"、"大片大片的芦苇"，使人犹如置身其中。

“蝴蝶的飞过不留痕迹”、“你我不经意的一瞥带来的”、“快意在蝶翅中传递”，文笔尽显柔和，有如芦苇的轻絮轻轻飘过。

徐志摩的诗“我是天空的一片云，偶尔投影在你的波心……”暗示了故事的发展，于是全文充满诗意：这一切，一如湖边随风摇曳的芦苇。

“心中滂沱”的“心雨”，用了三个否定排比句来修饰，显得这“心雨”的分量。

“一根芦苇浓缩了整个冬季”是全文的结尾。其实这一根芦苇何止是浓缩了整个冬季，它是扎根心头的，其中还浓缩了一季的思念和“七彩青春中最浪漫的一页”。这一象征，意味深长，增强了文章的抒情性，也使文章的诗意更浓。

让我们追求爱，在时间的长河中理解爱、给予爱。也只有爱，才能经受住时间的考验，才能得到永恒。

“爱”和“时间”的故事

顾　犇

从前有一个小岛，上面住着“快乐”、“悲哀”、“知识”和“爱”，还有其他各种情感。

一天，情感们得知小岛快要下沉了。于是，大家都准备船只，离开小岛。只有“爱”留了下来，她想坚持到最后一刻。

过了几天，小岛真的要下沉了，“爱”想请人帮忙。

这时,“富裕”乘着一艘大船经过。

“爱”说:“‘富裕’,你能带我走吗?”

“富裕”答道:“不,我的船上有许多金银财宝,没有你的位置。”

“爱”看见“虚荣”在一艘华丽的小船上,“‘虚荣’,帮帮我吧!”

“我帮不了你。你全身都湿透了,会弄坏我这漂亮的小船。”

“悲哀”过来了,“爱”向她求助:“‘悲哀’,让我跟你走吧!”

“哦……‘爱’,我实在太悲哀了,想自己一个人待一会儿!”“悲哀”答道。

“快乐”走过“爱”的身边,但是她太快乐了,竟然没有听见“爱”在叫她!

突然,一个声音传来:“过来!‘爱’,我带你走。”

这是一位长者。“爱”大喜过望,竟忘了问他的名字。登上陆地以后,长者独自离开了。

“爱”对长者感恩不尽。问另一位长者“知识”:“帮我的那个人是谁?”

“他是‘时间’。”知识老人答道。

“‘时间’?”“爱”问道,“为什么‘时间’要帮我?”

“知识”老人笑道:“因为只有时间才能理解爱有多么伟大。”

在时间的长河中理解爱 ◎ 小牦牛

这篇文章读来富有趣味,也让我们明白一个最朴实、最简单的道理。

在人生中,我们怀揣着各种情感:快乐、悲哀、虚荣、爱,还有其他各种情感。这些情感表达我们不同的情绪,体现我们丰富的内心世界。我们在很多情况下不由自主地选择快乐、悲哀、虚荣等,但我们往往放弃了最重要的东西,那就是爱!

爱是最伟大的,爱是最永恒的;爱是每个人最需要,最容易理解的,却往往也是最容易被忽略的。在生活中,我们往往追求富裕、追求知识、追求虚荣、追求快乐,我们往往遗忘爱,将爱置于一个角落。然而随着时间的推移，我们所追求的东西都得成为过眼云烟，随风而逝。而这时，被我们遗忘的东西——爱，恰恰经历了时间的洗礼，才被我们所理解。

让我们追求爱，在时间的长河中理解爱、给予爱。也只有爱，才能经受住时间的考验，才能得到永恒。

亲爱的，月亮枝结果子吗？在欧罗巴，据说月光下的果子是酸涩的。梦中的月亮树永远结不出果子。七叶树上荡秋千有多美妙啊，整个夏天的傍晚都像波浪在摇晃。

Part Four

水木菁华

一个人，如果在青春的时期能浓墨重彩地画上一笔，那么他无论是年轻时向前奋进，还是年老时回首过去，都会充满斗志，他的生命就会赢得一种硬度与光彩。

人生是没有意义的，但我们每个人都要为自己的人生确立一个意义。

人生没有意义

毕淑敏

我有过若干次讲演的经历，面对从医学博士到贫民窟的孩子等各色人群，我都会很直率地谈出对问题的想法。在我的记忆中，有一次的经历非常难忘。

那是一所很有名望的大学，约过我好几次了，说学生们期待着和我进行讨论。我一直推辞，我从骨子里不喜欢演说。每逢答应一桩这样的公差，就要莫名地紧张好几天。但学校方面很执著，在第 n 次邀请的时候说："该校的学生思想之活跃甚至超过了北大，会对演讲者提出极为尖锐的问题，常常让人下不了台，有时演讲者简直是灰溜溜地离开学校。"

听他这样一讲，我的好奇心就被激了起来，我说我愿意接受挑战。于是，我们就商定了一个日子。

那天，大学的礼堂挤得满满的，当我穿过密密的人群走向讲台的时候，心里涌起一种怪异的感觉，好像是"文革"期间的批斗会场，不知道今天将有怎样的场面出现。果然，从我一开始讲话，就不断有条子递上来，不一会儿，就在手边积成了厚厚一堆，好像深秋时节被清洁工扫起来的落叶。我一边讲演，一边充满了猜测，不知树叶中潜伏着怎样的思想炸弹。讲演告一段落，进入回答问题阶段，我迫不及待地打开了堆积如山的纸条，一张张阅读。那一瞬，台下变得死寂，偌大的礼堂仿佛若空无一人。

我看完了纸条说，有一些表扬我的话，我就不念了。除此之外，纸条上提得最多的问题是——"人生有什么意义？请你务必说真话，因为我们已经听过太多言不由衷的假话了。"

我念完这张纸条以后，台下响起了掌声。我说你们今天提出这个问题很好，我会讲真话，我在西藏阿里的雪山之上，面对着浩瀚的苍穹和壁立的冰川，如同一个茹毛饮血的原始人，反复地思索过这个问题。我相信，一个人在他年轻的时候，是会无数次地叩问自己——我的一生，到底要追索怎样的意义？

我想了无数个晚上和白天，终于得到了一个答案。今天，在这里，我将非常负责地对大家说，我思索的结果是：人生是没有任何意义的！

这句话说完，全场出现了短暂的寂静，如同旷野。但是，紧接着就响起了暴风雨般的掌声。

那是我在讲演中获得的最热烈的掌声。在以前，我从来不相信有什么"暴风雨"般的掌声这种话，觉得那只是一个拙劣的比喻。但这一次，我相信了。我赶快用手做了一个"暂停"的手势，但掌声还是绵延了若干时间。

我说，大家先不要忙着给我鼓掌，我的话还没有说完。我说人生是没有意义的，这不错，但是我们每一个人要为自己的人生确立一个意义！

是的，关于人生的意义的讨论，充斥在我们周围。很多说法，由于熟悉和重复，已让我们从熟视无睹到了厌烦。可是，这不是问题的真谛。真谛是，别人强加给你的意义，无论它多么正确，如果它不曾进入你的心理结构，它就永远是身外之物。比如我们从小就被家长灌输过人生意义的答案。在此后漫长的岁月里，谆谆告诫的老师和各种类型的教育，也都不断地向我们批发人生意义的补充版。但是，有多少人把这种外在的框架，

当成了自己内在的标杆，并为之定下了奋斗终生的决心？

那一天结束讲演之后，我听到有同学说，他觉得最大的收获是听到有一个活生生的中年人亲口说，人生是没有意义的，但你要为之确立一个意义。

人生意义 在于设计 ◎ 石柳施

一个人在他年轻的时候，总会无数次地叩问自己——我的一生，到底要追索怎样的意义？有很多说法，由于熟悉和重复，已让我们从熟视无睹到了厌烦。它的真谛到底是什么？谁能正确、全面地给它下个定义呢？

毕淑敏接受某名牌大学学生的挑战，参加了演讲，并对可能遇到的提问进行猜测：怪异的感觉——思想炸弹——充满猜想。但是，当她打开堆积如山的纸条，才发现提得最多又最常见的只有一个问题——“人生有什么意义？请你务必说真话。”毕淑敏非常负责地把她在西藏阿里的雪山之上，面对着浩瀚的苍穹和壁立的冰川，如同一个茹毛饮血的原始人，反复地思索过的答案告诉同学们：“人生没有意义，但你要为之确立一个意义”。这样的回答使全场的气氛出现了高潮，迎来了同学们暴风雨般的掌声，可见，答案得到大家的肯定。

的确，人生本身是没有意义的，要想人生变得精彩、充实，就必须为自己确立一个意义。它就像一杯白开水，调加入自己喜欢的味道，使它变得或甘甜或苦涩，或清香或浓郁。人生又像一首歌，有时高亢，有时低沉，全需你的把握。我们不需要被家长、老师灌输人生意义的答案，我们要的是自己替自己树立一个目标并且坚持不懈地为这目标奋斗下去，不妥协、不放弃，勇往直前——无论遇到的是挫折，还是失败！

给自己确立一个人生目标，朝着锁定的目标逐渐前进，走向人生的巅峰。明天不一定会美好，但相信明天会更美好的人，他的人生意义也会有另一番韵味。

玻璃球给了你们一种思维方式，电脑给了我们另一种思维方式。

一个逆反的孩子

潘　驰

他们总是这样说：孩子，听话点儿——

父亲爱吃葱，所有菜里都放葱，还逼着我吃。可是一闻到葱味，我就犯晕。几年来，一逢吃饭，我们就为“葱”争执，上个世纪的最后一顿晚餐，父亲双眼忧郁地对我说：“儿子，别倔了，你就吃点葱吧。”

忙里偷闲的父亲为读文还是读理和我彻夜长谈：“读理科，以后考清华计算机系，毕业后进外企工作几年，然后去美国哈佛读一个 MBA，那时……儿子，你的前途不可估量呀！”

母亲常挂在嘴边的话是：“你看，隔壁的某某又考了个全班第一，你怎么就不给我争口气呢？”

老师评讲试卷，有同学提出疑义。老师说：“你的想法有一定道理，但还是以标准答案为准，因为高考是有标准答案的。”

父亲的朋友总把我这个五尺男儿的高一学生当成长不大的孩子，和他们聊天，没说上几句，他们就会深沉地来一句：“你太幼稚。我们像你这么大的时候，已经很懂事了。”

我想对他们说——

父亲，我尊重你吃葱的爱好，我也坚决捍卫我不吃葱的权利。我知道我不能拥有一切，但起码我能拥有自己。

父亲，你的十年规划确实很完美，IT、外企、哈佛、MBA，每一个环节都是当前最热门的。你把一株幼梅弯曲成你喜欢的姿势，却限制了它冲向蓝天的自由生长。一个梅园中，全是充满匠心的观赏梅，寻不到一丝自然的神韵，难道不是一种遗憾？

母亲，衡量素质高低的并不只有学习成绩，能力不仅仅来源于课本。

老师，我忘了在哪本书上看到这样的话："中国人想象力差，模仿能力很强。"我感到不服气，如果中国人没有创造力，火药、指南针、造纸术、印刷术又是谁发明的？我同时感到悲哀，因为我们确实没有太多的想象力。当西方老师鼓励学生自己设计考题和答案时，我们在死记硬背标准答案。我们"学习"能力增强了，创造力却萎缩了。

父辈们，不要动辄就说我们幼稚、什么都不懂。我们有自己的心灵世界和灵感激情。别看见我们嘴边老挂着"哇噻"、"酷毙"、"帅呆"的词儿并伴随着脸上极其夸张的表情，喜欢看卡通片，时不时来一点让你们咋舌的"谬论"，就以为我们不懂事。时代的变换从以年计算到以月计算，你们像我们这么大时只能玩玻璃弹球，而我们已开始玩电脑、在网上冲浪。玻璃球给了你们一种思维方式，电脑给了我们另一种思维方式。

我不想成为你们"爱心"的奴隶，我不愿沿着你们画好的轨迹走完我的青春岁月甚至我的人生旅途。于是，你们希望我做的事，我偏不去做；不希望我玩的东西，我偏去玩。你们说我"逆反"，其实，我只是渴望一片广阔的天空，自由的飞翔。小鸟始终要离开母亲温暖的双翼，展翅高飞。

尊重个性 尊重自由 ◎ 李文锦

本文应该是我们这些"孩子"的心声。

爱，有时候真的是沉重的包袱。父辈爱我们，所以寄予很大的期望，总是喜欢把他们的想法或未能来得及完成的心愿无偿“转让”给我们，在他们看来，这是理所当然的事：我生了养了你，你就得听我的；你还小，不懂什么，你就得听我的……总之理由多多。但是，他们唯独没有想过，我们是人，是有思想、有活力的年轻人，我们更喜欢按自己的想法去设计自己的未来，而不愿意完完全全地按照他们铺就的轨道走下去。难道，这就是叛逆，就是不孝，就是无情？

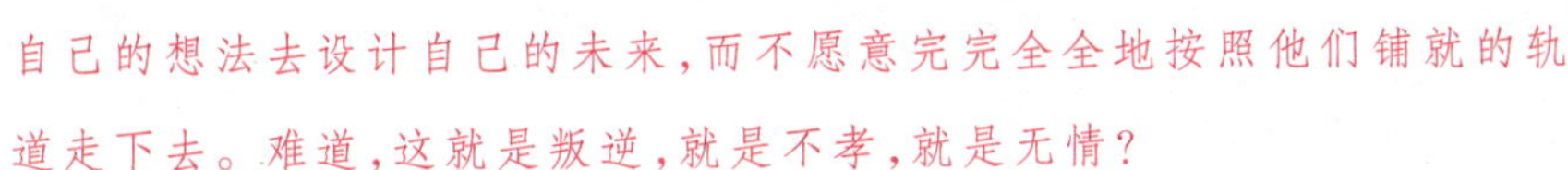

对此我无法回答。相信不仅是我，很多人，甚至包括我们的父辈，可能都无法回答。因为这是两个明显不同的概念，但父辈们往往把两者混在了一起。谁能保证一个从小乖巧的孩子，长大后就一定会孝敬父母？又有谁说得清，一个从小“叛逆”的孩子，长大后竟能成就非凡，且事母至孝？我只能这样理解，父辈出于好心，想用他们的经验为我们导航，却无意中使我们的人生之舟与开辟新航线、发现新大陆失之交臂！所以，父辈们，叛逆不是无情物，化作翅膀更高飞。我们“只是渴望一片广阔的天空，自由的飞翔。小鸟始终要离开母亲温暖的双翼，展翅高飞”，如此而已。

习惯喜欢让人走老路，老路往往欣赏庸才，而庸才一定不是你们，也不是我们所想。经验练就的眼光有时也会失之毫厘谬以千里。那个连小板凳都不会做的爱因斯坦，那个被认为天生“白痴”的爱迪生，那个被定义为“不可理喻”的韩寒，那个“傻乎乎”的比尔·盖茨……都从经验练就的眼光阴影里走了出来，还有更多的人会这样做。

所以，我们为了走出一条属于自己的路，除了“叛逆”，别无选择。

这篇文章直面现实，坦率而言，发自肺腑，畅快淋漓，读之如夏日沐冷水浴，舒服无比。

敌人是不会怜悯你的眼泪的。这一片竹林有谁会被风雪压弯了腰？又有谁改变了自己的本色？

青春常在

郭立宁

我，不大爱花，有人说我没有女孩子的天性，我付之一哂(shěn)，难道女孩儿天生都爱花？我就不。我偏偏酷爱生长在乱石岗上那清秀的翠竹。“是那单色的绿竹吗？”是的。她比不上鲜花那么艳丽，但她是那样的洁净，温文尔雅。每当我漫步在郁郁葱葱、清新幽静的竹林间，一切忧愁、烦恼都会云消雾散。我完全沉浸在诗情画意般的景色里了。晨曦中，那碧绿的竹竿闪烁着纯洁的光泽，绿莹莹的光环萦绕着整个竹林，如果从高处鸟瞰，我仿佛潜入碧波荡漾的泉水之中。那青翠欲滴的竹枝和竹叶在微风的吹拂下，恰似一群婵娟仙女在水晶宫中翩翩起舞，她们的身姿是那样动人，那样令人神往！当我爱抚地依偎在竹竿上，我依稀听见整个竹林在“窸窣……”地对我窃窃私语，我高兴地拨开茂密的竹叶向竹林深处奔跑着……真有趣，那调皮的小竹叶不时地凑过来吻着我的脸颊，啊——置身于这轻歌曼舞的竹海中，我陶醉了！

我真像进入美妙的梦境，侧卧在竹叶铺垫的土地上，我静静地闭上眼睛，是在贪婪地吮吸翠竹清香？不，我仿佛置身于我的故乡。那小小的山村几乎被竹林覆盖，银灰色的山冈，明镜般的泉水都是在碧绿色翠竹的衬托下，真像一幅清秀典雅的油画。可孩提时的我，既看不出竹的美，更体会不到它为故乡人民带来的福分；只知道拉着竹枝荡秋千，长辈们看见了，便呵斥我："竹儿缠死了，你吃什么？"我撅着小嘴：难道我是吃竹子长大的？那是一个多么不懂事的小姑娘呀，难道你忘了，当村里的汽车满载着粗壮的竹竿和精制的竹扁担、竹篮、竹帘、竹屏风驶向省城时，你总是拍着两只小手在路旁蹦跳着，"明天，这车上就不是竹儿了，而是米、花布，堆得高高的！"是的，那一刻我对竹有了隐约的好感，我知道，有了竹子，我就不会饥寒。

渐渐地，我长大了，喝着用竹筒做渠道的"竹道泉水"长大，我常常感激翠竹对我的抚育，我曾向着百里竹林发自肺腑地呼唤："翠竹啊，我亲爱的母亲！"我如此迷恋她，崇敬她，她是一种伟大精神的象征。我轻轻抚摸着身边一棵粗壮的竹竿，真想倾吐我对她那真挚的爱和敬慕。翠竹啊，你还记得吗？在"四人帮"粉碎前夕，那是一个酷寒的冬天，我怀着撕心裂肺的悲痛扑向您的怀抱，看着遭受凛冽风雪侵袭的您，真是触景生情，我倏然想起了我们的好总理，想起了我的那些蒙受千古奇冤的亲人们，他们也和您一样遭受着血雨腥风的浩劫，有多少人已经倒在了血泊之中，看着，想着，我竟忘情地放声痛哭！我轻轻摇撼着您身上的积雪，以减轻您的负重和我心中的悲痛。一棵棵地摇啊……渐渐地，泪花和雪花交融了，凝固了，我觉得一股热血往脸上涌，我朦胧中听见一种声音：敌人是不会怜悯你的眼泪的。这一片竹林有谁会被风雪压弯了腰？又有谁改变了自己的本色？我抬头仰望，挺拔、矫健的翠竹傲然挺立，碧绿不变。顿时，我感到充实了，有勇气了。看着那咆哮、翻卷、大有把竹林吞噬之势的狂风暴雪，我投以轻蔑的讥笑。大诗人雪莱说得好："冬天到了，春天还会远吗？"何况这里还有坚贞不渝的翠竹在进行着殊死的搏斗。是啊，在强者——翠竹的面前，我怎甘沦为弱者！何况我还是个有血有骨的人。我的亲人们在同"四人帮"斗争时不都像竹一样吗！于是，我不再悲伤，而是带着翠竹的正气和力量，投入"丙晨清明"的洪流！

从此，我爱翠竹爱得更深、更热切！

每年一度的清明节，我总要在这清秀的竹林间徜徉往返，只要和翠竹在一起，我就不会孤独。我缓步走在竹林小道上，道旁长了一些不知名的野花，我便想起了他人对我的误解，谁说我没有女子的天性，只是我爱竹胜过爱花，因为，在竹的面前，我感到花的弱小，因为，在这竹林里，有我的缅怀和崇敬，有我的榜样和信心！

看着眼前茫茫的竹海，想着那被竹叶覆盖的故乡，我轻轻呼唤：啊，翠竹！我的母亲。我的生命乃是您用生命和意志所浇铸的。

层层深入 托物言志

◎陈 背

看到此文时，我心里反反复复地念着：青春常在……起初我遐想着：难道她被艰苦的生活所困扰了吗？但对快乐生活的向往又是那么迫切。这到底是为什么呢？当我读完它时，才知道原来并不是借青春年华而是借青翠的竹子来体现自己的个性和意志。

本文言在翠竹但意不在翠竹。言在此而意在彼，这是托物言志的写法。“晨曦中，那碧绿的竹竿闪烁着纯洁的光泽，绿莹莹的光环萦绕着整个竹林，如果从高处鸟瞰，我仿佛潜入碧波荡漾的泉水之中。”“我轻轻呼唤，啊，翠竹！我的母亲。我的生命乃是您用生命和意志所浇铸的。”从这些句子中我们可看出作者的笔触细致，描写是那么精练，那么有诗情画意，对景物的观察那么细腻入微，发自作者内心的话语又是那么感动人心。咏物意在抒情，层层铺垫是为了主旨的不断深入。春去秋来，不管是强风暴雨，还是积雪严霜，翠竹傲骨分明，不向困难低头，不向恐怖弯腰，表现了一种倔强傲岸、勇于奉献的精神。这不正是具有翠竹精神的人们的写照吗？物如其人，翠竹的挺拔、矫健、傲然挺立、百折不挠、节节高的精神气概，烘托出作者的性格特点和她的精神境界。

不仅仅是句子的优美与流畅动人，从整体看来，段与段之间的环环相扣，也使文章条理清楚，思路明晰。还有，作者对事物的描绘，浓墨重彩，工于刻画，色彩鲜明，给人诗情画意之感。触景生情、融情入景更为巧妙。托物言志，寓象征于写实，寄理想于事物，写实和象征，现实和理想达到和谐的统一。这也正是它的成功之处。

像选择书一样去选择朋友，像爱朋友一样去爱书。

朋友和书

苏清泉

朋友不是书，书却是朋友。

朋友可能背叛你，书却永远忠实。

怎么办呢？像选择书一样去选择朋友，像爱朋友一样去爱书。

书是从不疏远我们的朋友，它却可能把我们和朋友疏远。

世界上确实还有比书更重要的东西，那就是实践、友情、现实和行动。

人类在写两种书，一种是有字书，一种是无字书。对于一个人来说，只有写好无字书，才能写好有字书。有字的书不好写，无字的书写好更难。

朋友可以带给你一本好书，也可以带给你一本坏书。不好的书也像不好的朋友一样，可能伤害你。但是不用怕，因为更多的情况是：好人读了坏书仍是好人，坏人读了好书仍是坏人。

对待书，要在无疑处有疑；对待朋友，要在有疑处不疑。书，是生活中

最好的调味酒；朋友，是闲暇中最好的依托。

读好书很难，交朋友一样难。

唉，朋友不是书，书却是朋友。

朋友可能背叛你，书却永远忠实。

怎么办呢？像选择书一样去选择朋友，像爱朋友一样去爱书吧。

理趣充盈 文章自成

◎ 吴丽花

作者把“朋友”和“书”联系在一起，用辩证的观点揭示了两者的关系，概述了读书与交友的人生哲学。全文言约意丰，耐人寻味，给人以启迪和警示。

首先作者用了一个否定句和肯定句揭示了朋友和书的辩证关系。接着，一个设问句不但引领读者的思维向更深层次开拓，而且起了承上启下的作用。设问之后，作者对朋友和书做了解释，同时也揭示了“择友”与“爱书”的真谛，实在是醒世名言。

接着，作者对朋友和书的相互关系作了阐述。书有无比魅力，对于人、对于朋友来说是非常的重要、非常的有意义。但在现实生活中，被书的魅力所倾倒，掉进书的海洋而疏远朋友，甚至忘却了朋友的人也不少，这会使人失去“闲暇中最好的依托”。由此得知，生活中友情不可丢，友情如一条弯弯的小溪，流泻出的是真诚和挚爱；好书有如佳酿，品饮的是酣香和甜美。如果生活中缺少“书”，也会失去最好的“调味酒”，人生就少了滋味。因此，书与朋友同样重要，失去其中的一个，生活定会变得单调、乏味。

然后，作者告诫了人们择友一定要慎重：要交好朋友，不要交损友。读书要有选择：读好书，能使人走向光明，进入品德高尚的境界；读坏书、邪书，会使人走向绝境。作者的警告实在是用心良苦。作者又谈到交朋友的首要态度，不要怀疑朋友，要真诚相待，只有这样，你的朋友才是一个可以让你在痛苦时依靠的肩膀，才是一口你可以放心地把内心痛苦往里倾注的井。文章的结尾，作者运用了反复的修辞手法，一是与文首照应。二是进一步强调了朋友与书的关系，再次告诫人们怎样去择友，怎样去爱书。

文章篇幅短小，言简意赅，结构严谨，语言质朴平实。作者从生活常见的现象中，挖掘出耐人寻味的生活哲理，委实是一篇不可多得的好散文。

有了酷爱和执著，即使一枚落叶，也能够倾倒季节。

情到深处

栖　云

其实，落叶就是一场舞剧呀！最热烈浓艳的舞衣，最忘乎所以地旋转，翩跹匝地时最动情的吟唱，你都倾听到了吗？在深邃的丛林深处。

我想，这就叫境界，叫沉迷陶醉吧！

全然不顾周遭的风声雨声啁啾声，全然不顾寒风已至，霜雪将至，荒芜剥夺一切的残酷结局，摒弃所有的干扰和纷繁，沉浸在短暂而辉煌的演出中。那些悲壮的身影，那些曼妙的舞步，淘洗过许多岁月之后，依然染红我的心尖。当我撩开光阴的面纱时，竟然惊诧于落叶对我的熟视无睹，无动于衷了。或许这正是落叶引人注目、难以释怀的秘诀。

我曾请教过一位京剧大师："面对台下黑压压的观众，您可曾胆怯？"

他微笑着回答:“其实我的眼睛和观众一起盯着舞台,全部心思都敛聚在唱念做打上,哪里能够分神去望台下。”

我曾请教过一位文学大师:“面对那么多挑剔的读者,您可曾彷徨?”

他亦微笑着回答:“我的心就住在我的书里,油盐酱醋都是自己的欢喜,用不着顾及他人口味。”

可见真正的表演是无观众,真正的创作是无读者,真正的境界是无人之境。无人之境,不正是超越之境,是脱颖而出、别具一格的舞台?所以,越是偏僻的地区,地域特色往往浓郁;越是孤僻的人物,个性特征往往越鲜明,风格原是聚精会神缝制出的一面旗帜,独特、稀罕,经纬交错,匠心独运。

那样,当我们埋怨自己不够出色,不够成功,不够抢眼的时候,是否仔细检查过心灵的布景上,有没有别人的影子,有没有干扰的风波,是否认认真真地叩问过自己,力求全心全意、全神贯注了呢?

有了酷爱和执著,即使一枚落叶,也能够倾倒季节;即使芝麻谷子般大的一件事,也会做得眉眼分明、山清水秀。

简单生活　出色自我 ◎ 彭月娥

读罢本文,只觉一切只在不言中,似乎无声胜有声。

人很多时候并不能如此的真纯,毕竟我们生活在大千世界、芸芸众生之中。但是当生活演绎到情深之处,一切都将无法羁绊阻挠,情感将是行云流水,自然得无法感知周遭。心中只有你心灵深处刻烙的情感,自由地挥发,自由地宣泄。

这便是一种境界,一种极致。一种感动出真情、快乐出信心、悲哀出力量的真我境界。

一个人如果真正用心去生活了,真正地无功利企图,那么,即使是一撮泥土也春意盎然,一泓死水也生机勃勃;当一个人卸下了身上许多可有可无的东西时，便性格鲜明，情感真挚。而做每一件事都全心全意，喜乐交融，表现得惬意投入、真实舒爽，轻易地便引起别人的注意，超强地把周围的人吸引在一种纯自然的境界里。那种感觉，就像是突然间不费吹灰之力就粘住了自己费尽千辛万苦却得不到的东西。

这，就是你出色的秘诀。

有时候，爱心的给予和回馈会带来意想不到的结果，我们不仅给别人带来了欢乐，也给我们自己带来了欢乐。

只是因为……

佚　名

几年前，我在医院住了一个月，在我住院的那段时间，我的同事为我分担所有的工作，不时来探望我，且送我花及卡片鼓励我早点康复。而当我出院回到公司上班时，更是受到他们热情的欢迎，当我复检时他们也依然很热心地帮助我。他们对我这么好，我决定要好好地谢谢他们，以表达我的感激。

一天中餐的时候，我拜会我最喜欢的花店老板且买了她摆在橱窗里的一束美丽的花。我要她帮我送给当我住院时特别关照我的一位同事，且在卡片上写着“只是因为”，却不署名，并请求花店老板为我保守秘密。

当我精心安排的花送达时，我同事的脸上看起来容光焕发。那天下午办公室里更是显得兴奋异常，每个人都很好奇她的爱慕者是谁，而只有我独自在一旁很开心。

隔天中餐时，我又安排送给另一位很和蔼可亲的同事一束花，并且一样只在卡片上留下“只是因为”几个字。而第三天，我继续如法炮制地送第三束花给另一位同事。

谁能想得到一束花所带来的魔力啊！我制造的迷雾让我的同事纷纷打电话向花店询问送花者是何许人也。他们都想知道那位不留名的爱慕者到底是何方神圣。但是，花店的老板是那么的贴心，竟没有透露半点口风。

一种奇妙的气氛笼罩着办公室，整个部门的人都想尽办法要解开谜底。我的同事每天都在猜今天谁会收到花，而且都会对那天的幸运者投以注意及羡慕的眼光。也因为送花竟能带给办公室这么多的温情及快乐，让我欲罢不能。

偶尔，我听到一位男同事说：“男人不喜欢花——真庆幸我没有收到任何一束花。”

隔天，我的那位男同事便收到了一束同样写有“只是因为”的卡片及花，而当此事发生时，他的脸上因荣耀感而胀得鼓鼓的，他衬衫的扣子几乎都快被他撑破了。

送花的行为继续让办公室充满快乐的气氛。

每一天同事都在等待着我安排送来的花，且挑选下一位收到“只是因为”卡片的接收者。而送花小姐也和他们一样，每天都很想知道下一位幸运者是谁。每天中午过后，我的同事都等着接花店打来的电话，通知他

们谁是今天幸运的收花人。

随着弥漫在我们部门的欢乐及好奇也散播到了其他的部门时，喜悦满溢了我的心，因为“只是因为”所带来的喜悦，让所有的人都感受到了快乐和被爱，而整件事整整持续了三个礼拜。

最后一次的“只是因为”的花束被送到一次全体员工的会议上，我写上了对部门里的每一位同事的致谢，也揭发了那位只写“只是因为”的爱慕者的谜底。彼此关爱和关心的感觉一直在我们的部门发酵了好一阵子。我永远都不会忘记同事们收到“只是因为”花束和卡片的特殊礼物时脸上所泛的笑容，没有一件事能比得上他们回馈给我的和善与喜悦使我更欣慰。

爱的给予，爱的回馈 ◎矛 盾

我们感到温暖，是因为我们感受到爱。爱，是我们生活中不可缺少的东西。没有爱，我们的生活永远是在寒冬；没有爱，我们的生活将是一潭死水；没有爱，我们的心灵将会枯竭；没有爱，我们在这个世界上也将没有创造。——没有爱的世界是一片沙漠。

我们每个人都需要爱，但爱是相互的。在被爱的同时我们也应该去爱，在接受别人带来的欢乐时我们也应该带给别人欢乐，在别人为我们付出的时候我们也应该为别人付出。只有这样，我们的生活才更加丰富多彩，我们的生活才充满温暖。

这篇文章便是一个讲述爱的给予、爱的回馈的故事。在作者住院期间，同事们分担了所有的工作，而且不时到医院来探望，给予鼓励和帮助。出院后，作者怀着对同事们的感激，为他们设计了一个匿名送花的意外惊喜。这虽然是一件小事，但它的力量，它为整个办公室带来的欢乐和喜悦“整整持续了三个礼拜”，“彼此关爱和关心的感觉一直在我们的部门发酵了好一阵子。”有时候，爱心的给予和回馈会带来意想不到的结果，我们不仅给别人带来了欢乐，也给我们自己带来了欢乐。

有时候，人生的成功很简单。在确定了目标之后，持之以恒、长期不懈地努力，成功自然会到来。而漫无目标、缺乏耐性则会使人一无所成。

等待第二个春天

廖洪武

我听过一则流传在日本的故事，说的是有两个叫阿呆和阿土的人，他们都是老实巴交的渔民，却都梦想着成为大富翁。有一天，阿呆做了一个梦，梦里有人告诉他对岸的岛上有座寺，寺里种有 49 棵朱槿，其中开红花的一株下便埋有一坛黄金。阿呆便满心欢喜地驾船去了对岸的小岛。岛上果然有座寺，并种有 49 棵朱槿。此时已是秋天，阿呆便住了下来，等候春天的花开。肃杀的隆冬一过，朱槿花一一盛放了，但都是清一色的淡黄。阿呆没有找到开红花的那一株。庙里的僧人也告诉他从未见过那棵朱槿开红花。阿呆便垂头丧气地驾船回到了村庄。

后来，阿土知道了这件事，他就用几文钱向阿呆买下了这个梦。阿土也去了那座岛，并找到了那座寺。又是秋天，阿土也住下来等候花开。第二年春天，朱槿花凌空怒放，寺里一片灿烂。奇迹就在彼时发生了：果然有一株朱槿盛开出美丽绝伦的红花。阿土激动地在树下挖出了一坛黄金。后来，阿土成了村庄里最富有的人。

据说这个故事在日本流传了近千年。今天的我们为阿呆感到遗憾：

他与富翁的梦想只隔一个冬天。他忘了把梦带入第二个灿烂花开的春天，而那些足可令他一世激动的红花就在第二个春天盛开了！阿土无疑是个聪明者：他相信梦想，并且等待另一个春天！

我们的人生何曾不充满着梦想：那朵绝艳的朱槿花几度在你我的心灵深处摇曳，那无限风光我们几欲览尽。然而我们总是习惯于守候第一个春天，面对第一个季节的空芜，我们往往轻率地将第二个春天弃之于门外，将梦交归于梦。

梦想之花垂青的总是那些有耐心、执著追求的人。

今天，倘若给你一朵梦中的朱槿花，你应该有勇气向梦想买断第二个春天！

相信梦想，执著追求 ◎小 花

这个故事让人想起挖井的故事。一个人为寻找泉水而挖井，他在挖到一定深度的时候却退缩了，认为再挖下去仍然会没有水。但是他不知道，如果再挖上几镐，泉水就可以汩汩而出；再挖上几镐，他就可以享用自己的劳动成果。

阿呆和阿土都按梦里的启示等待着"一株朱槿盛开出美丽绝伦的红花"。第一个春天，阿呆没有等到，他放弃了；而阿土等待第二个春天，他成功了。这并不是两个人有着智力高下之分，聪明伶俐之别。但阿土是聪明的，他的聪明在于，他相信梦想，用执著耐心去追求。

有时候，人生的成功很简单。在确定了目标之后，持之以恒、长期不懈地努力，成功自然会到来。而漫无目标、缺乏耐性则会使人一无所成。以赛亚·伯林在谈到俄国思想家赫尔岑时曾说："他惘惘不甘，谈到有人幸运、平平静静踏入某个安稳、固定的职业，而天赋非常、并且往往属于理想主义的青年却所学过繁、太过丰富，眼前无数选择，更有广大机会，可做之事太多，结果择一而为，随即厌烦，回头另取新路，如此者再，终至迷途流荡，漫无目标，一切落空。"这些话不也是同样的一个道理吗？

朋友不是书，书却是朋友。

朋友可能背叛你，书却永远忠实。

怎么办呢？像选择书一样去选择朋友，

像爱朋友一样去爱书。

Part Five 成长履迹

人总渴望成功，害怕失败，但是容易忽略一点：失败也是一种成熟。在这个世界上，每一次成长总是伴随着挫折、失意、教训。如果坦然接受这些，往往会有意想不到的收获。

让我们以更多的积极和更大的坚强去面对生命中的不幸和苦难，怀抱一颗体谅和关爱的心，在哭泣的椅子上坐下，起身时迎面而来的是满目的阳光……

哭泣的椅子

［美］玛丽·诺伍德

我一天一天地长大，我家厨房餐桌边的椅子也在一把一把地增加。我的弟弟妹妹们根据自己出生的顺序依次决定自己想要的椅子。这种选择是从我开始的，因为我是老大，随后是妹妹格洛丽亚、弟弟布雷特和特里。

我选择了斜对着爸爸的椅子。人人都知道这是“马西娅的椅子”。不过，有的时候，我会把椅子让给客人坐，它还有一个更出名的名字——“哭泣的椅子”。我的家人、朋友和邻居如果想好好地大哭一场，或者希望有人能与他们分担忧愁的时候，他们就会坐在那张椅子上。

我们家的人都非常好哭，从我的父母纳塔利和朱厄尔·布什开始，一直到他们的四个孩子，我们都是喜欢哭泣的人。这倒并不是因为我们的生活中充斥的都是意外的悲剧，也不是因为我们的心总是沉浸在悲痛之中，而只是因为哭泣能够抚慰我们的心灵。

妈妈说“马西娅的椅子”变成大家的“哭泣的椅子”是很自然的，因为我是家里最心软、最喜欢哭的人。我在我的生活中最善于利用这张“哭泣的椅子”。当我的狗米莉死了的时候，当我爸爸在一次车祸中受伤的时候，当爸爸为我们唱一支有关一个残疾小女孩的歌的时候，当我在我们家的黑白电视中看到超人带着一个残疾的小男孩飞翔的时候，当我两岁的弟弟特里想成为超人、从邻居家的高墙上跳下来的时候，它都是我哭泣的宝座。每当我的男朋友甩了我，还是我甩了他们，我都求助于我的“哭泣的椅子”。

不过，我并不是一个不快乐的孩子。实际上，恰好相反，我非常快乐。“哭泣的椅子”为我提供了一个放下我情感上包袱的地方，因此我的人生能够一帆风顺。

当然也有一些时候，我在“哭泣的椅子”上流下的是喜悦的泪水。当妹妹格洛丽亚和我被选为拉拉队成员的时候，当我被选为班干部的时候，当我被誉为最乐于助人的孩子的时候，当我考大学的时候，当我从大学回家的时候，当我订婚的时候，当我怀上孩子的时候，我都会流下喜悦的泪水。

当然，如果有其他人需要借用“哭泣的椅子”，我都会很乐意地出借“马西娅的椅子”。比如说，住在街对面的弗兰和鲍伯，就时常在我们家的餐桌边与我们一起分享咖啡和故事，有时也会坐在那里哭泣。时至今日，“哭泣的椅子”上仍然上演着一出出故事，它也依然被放在我父母家。弗兰和鲍伯却早已经搬走了。但是鲍伯死后，弗兰又回来使用过“哭泣的椅子”。

一年又一年，“哭泣的椅子”工作得非常出色。所以，我决定在一所教会学校的幼儿班中也这么做，在那里我教了七年书。我在试图安慰我幼儿班中的一个学生的时候，这个念头突然出现在我的脑海里。这个孩子每天早上上学的时候都哭个不停，而且一天当中总要哭几次。他的父母离婚了。小家伙从爸爸手中转到妈妈手中，他永远不知道谁会送他上学，谁又会接他放学。

在举行了一番仪式之后，我宣布“哭泣的椅子”来到了我们的教室。

那只是一把普通的椅子，我把它放到教室中一块比较僻静的地方，并且准备了一盒纸巾。学生们睁大了眼睛听我宣布有关“哭泣的椅子”的规则,他们还产生了一些自己的想法。

有关“哭泣的椅子”的规则:

一、老师:“哭泣的椅子”不是一种惩罚措施。

学生:我们不会有麻烦。

二、老师:如果你需要使用“哭泣的椅子”,请举手。得到同意之后方可使用。

学生:首先要征询老师的同意。

三、老师:使用“哭泣的椅子”的学生不能弄出太大的声音,不应该干扰其他同学,或引起其他同学的注意。

学生:不要尖叫。

四、老师:使用“哭泣的椅子”的时间随各人的意愿而定。以5分钟为宜,但是如果需要也可适当延长。

学生:直到恢复状态。

五、老师:学生和老师都可以使用“哭泣的椅子”。

学生:老师也哭?

六、老师:其他学生不应骚扰或者戏弄坐在“哭泣的椅子”上的同学。

学生:可以哭,不准打架。

七、老师:鼓励其他学生为坐在“哭泣的椅子”上的人祝福,或者特别关注这些人。

学生:要亲切,充满善意,为他们祈祷。

学生们几乎都对"哭泣的椅子"怀有敬意。当那个小男孩在"哭泣的椅子"上哭得难以抑制的时候，他会用双手把脑袋深埋在手掌中，偷偷地抽泣。这个孩子让我心疼，但是看到其他学生自发地为他们的同学祈福的时候，我又感到由衷的喜悦。有些学生请求我允许他们走到"哭泣的椅子"边上，拍拍小男孩的背或者拥抱他一下，希望这样能够给他一些安慰。有的时候，有些同学会静静地在他身边的椅子上放上一块儿糖。

经过椅子上短暂的发泄后，男孩会擦干眼泪，要求喝点儿水，去一趟洗手间，然后回到自己的座位。没有同学因为他曾坐在"哭泣的椅子"上而嘲笑他。随着时间的流逝，这个男孩的生活变得有序起来，他使用"哭泣的椅子"的次数也越来越少。

"哭泣的椅子"在我们班上有两年了，它给大家提供了许多有益的帮助，我真希望自己在教学生涯的头五年就开始使用它。我知道每当分离的时刻，每当老师和学生的泪水无法抑制的时候，它就在他们的身边。

坐在"哭泣的椅子"上的许多学生有着不同的原因。有时它给孩子们提供了一个哭泣的安全的场所，因为有时他们需要为身为一个孩子每天所遇到的考验和磨难而哭泣：膝盖的伤刚愈合又在操场上刮伤了；果汁四溅弄得自己很尴尬；因为校外考察旅行迷路而惊慌沮丧不已；因为绰号而情感受伤或者因骂人而感到羞愧。有的时候，他们的眼睛充满了哀伤，比如宠物遗失了或者祖父母去世了。对于 3 个被父母遗弃、不得不依靠其他家庭来抚养的孩子来说，"哭泣的椅子" 提供了一个可以依靠、可以哭泣的舒适的地方。一个孩子受到邻居的骚扰，他在椅子上哭泣时，我们的心都快碎了。

在一个特别让人感到疲乏的日子里，我感到就要被教学任务、母亲的职责和婚姻压得喘不过气来了，因此，我在课上宣布，我要使用"哭泣的椅子"一段时间。我把头枕在手臂上开始哭泣。当泪水流过我的面颊的时候，

我感到了许多小手的触摸。我的学生们走过来，轻轻地拍着我的后背。

老师感到了来自学生的同情。

学生开始明白老师也会像他们一样受到伤害，也会像他们一样哭泣。

双方都学会了如何去爱护对方。

全世界都需要安慰 ◎灵犀

本文选自2001年美国的一本畅销书《一杯安慰》，书中几十位不同行业的人，讲述了自己一生中所经历的最感人、最令人安慰和激励人的故事。当时美国刚刚遭遇了“9·11”，无数在痛苦、悲伤、恐惧和愤怒中挣扎的人们在这杯“心灵鸡汤”里找到了慰藉、感动和温暖。

“哭泣的椅子”是发生在女教师和学生之间的真情故事。“哭泣的椅子”不是为了悲伤，而是为了快乐。“哭泣的椅子”提供了一个放下情感包袱、分担忧愁的地方。坐下时，留下的是沉重的心绪；离开时，带走的是轻松的笑容。哭泣的不是椅子，是椅子上的人。椅子是在笑的，所以人也会笑的。山有巅峰，谷有深壑，生命也一样有起有伏。现代人活得并不轻松，在享受着现代文明带来的便利生活的同时，又承受着巨大的心理和社会压力，我们需要安慰、同情与宣泄。安慰是给他人、也是给自己的最为积极的一种体验，是一种不需要经济学解释的财富交换与创造，是一种共同拥有的资源与力量。安慰自己是给自己也给别人、甚至自己的对手一个更大、更自由的空间。不同地区的人，不同肤色的人，不同行业的人，甚至不同文化背景、不同信仰的人，其身心都可以在这里得到释放和安宁，这个“别人”可能是人类，也可能是动物，甚至整个自然。

让我们以更多的积极和更大的坚强去面对生命中的不幸和苦难，怀抱一颗体谅和关爱的心，在“哭泣的椅子”上坐下，起身时迎面而来的是满目的阳光……

家长的教育方式对孩子的成长影响是至关重要的，尤其是处理心灵深处之事。

危情时刻

含　烟

女儿上了两年初中后，身高突然像拉链条似的拉长，原来只有一米三的身高，转眼间蹿上一米六，那黄不拉叽的小脸蛋白里透红。稚气消失了，少女俏俊的神韵不知什么时候悄悄地飞上她的脸庞，昔日那个小鸟依人般的娇娇女长成了亭亭玉立的少女。

女儿的学习成绩在年级组里向来排在五名之内，课余时间也爱写些小情小调的诗歌散文，一些大报小报的编辑时不时高抬贵手，让她的名气风光一回。女儿爱学习，有时会为一篇文章的构思或是一道计算题而茶不饮，饭不思。但是最近她突然变了，变得爱唱爱跳，还时常在我的梳妆台前流连，并关心起自己的穿着打扮。学习成绩也从 90 分以上一下子滑到六七十分左右。要不是在她抽屉里偶尔发现一个叫涛的小男孩儿赠给她的一首情诗，我怎么也猜不透她兴趣的变化和学习成绩一落千丈出自何因。“我渴望走进你的生活里去 / 不是为了破译秘密 / 面对变化无穷的季节 / 谁能奢望 / 一览无余 / 我将用整个生命爱你。”这是汪国真的《生命之爱》。我看了半天，头像被捅破了的蜂巢嗡嗡作响。我以前是教师，我带的那个班上一个女生早恋，且恋得死去活来。在我和其他科任

老师百劝无效之后仍选择退学回家。这件事给我的印象极深，我至今还记得她怨恨的目光。我没想到，这样的事竟然落到了自己女儿身上。女儿只有14岁呀！从来视女儿为掌上明珠的丈夫气得拳头攥出水，说女儿一回来非把她揍扁不可。

楼下传来脚步声，女儿回来了。我赶忙出去为女儿拉路灯、接书包、脱外套…… 可女儿对我近乎拍马屁的举动和她父亲那愤怒的神态视若无睹，径直走到我房里的梳妆台前。鲜红的毛衣和雪白的丝巾裹着一股青春的气息，她的表情陶醉于镜中的自己，这更激怒了丈夫，他的脸色气得由红转白，正要发作时，却被我制止了。此时，在女儿的身上，我看到了自己的影子，女儿正沉浸在梦中——那是青春的梦，多么瑰丽，多么美好。我们没有理由去摧毁她，损害她，只有用爱去呵护她。

星期六中午，女儿正接着电话，见我从房里出来，语气很不自然起来，向对方吼了句什么就马上把电话挂断了。“是那个叫涛的同学打来的吧。”女儿正要回房躲避，听见我的话，一下子诚惶诚恐，语无伦次：“妈……你、你都知道了……”我点点头，说了声：“我相信你。”就出门去了。

接下来的日子，女儿变得不唱不跳，更没有心思照镜子，一副惶惶度日的可怜样，甚至和我们聚餐的机会也尽可能避开。碰到一块进餐，她也总是把头埋得深深的，很专心地扒着碗里的米饭，偶尔抬头和我斜过去的目光对视，便马上甩下满头秀发遮住半边脸。有时，她又大胆地站在我面前，等候发落。可我们装着什么事也没发生。

又是一个月圆之夜，我难以入眠，走上阳台看城市夜景。女儿来到

身旁，欲言又止，脸颊因激动而绯红。我心中掠过一阵淡淡的喜悦，但仍然仰着头，装着看天上的星星。

时间一分一秒地过去，女儿终于按捺不住了，她突然暴发性地大喊起来："妈妈，既然你都知道了我和涛的事，为什么不像教育你的学生一样教育我，或像其他家长那样又打又骂呢"她浑身不住地颤抖着。这时我才觉得自己的方法太残忍，一把拉过女儿，拥在怀里，动情地说："好女儿，我说过我相信你。"过了好长时间，她用袖子擦了擦脸上的泪水："妈，谢谢你对我的信任，我会好好地读书的。"

女儿真的转变过来了，她像颗调皮的行星，又回到了正确的轨道。

宽容之量 信任之心 ◎ 谭美赖

对于早恋这个话题，也许现在已不再热门了，但当我们真切面对的时候，依然会产生诸多困惑。

不成熟的爱情可以把一个人拉进深渊，导致迷失方向。你看，以前"有时会为一篇文章的构思或是一道计算题而茶不饮，饭不思"的爱学习的女孩儿，变成了"爱唱爱跳，还时常在梳妆台前流连，并关心起自己的穿着打扮"，"学习成绩也从90分以上一下子滑到六七十分左右"的！作为学生需要每天都打扮得花枝招展吗？细心的母亲注意到了这方面。她"没有理由去摧毁她，损害她，只有用爱去呵护她。"多么理智的妈妈啊，因为她相信自己的女儿，也不想让女儿疏远她。在现在的社会中，有多少早恋的同学为了自己所谓的"甜蜜爱情"而步入歧途，可以说，很大程度上是由于家长的处理态度的不当而致的。文中的母亲有着相当大的宽容之量、信任之心，她对女儿说"好女儿，我说过我相信你。"正是妈妈的宽容、信任，女孩儿重又回到了正确的生活轨道。而作为孩子，女孩儿也深深地体会到了父母的爱，明白了父母的心，像一颗调皮的"行星"，重又回到了正确的轨道上来。

生命的历程是一溪清水的奔流，既然无法预知何时止尽，就应该勇往直前。

生命是一溪泉水

高 兴

汩汩的泉水，从岩缝里拉出一道白线，慢慢地汇成一条蜿蜒的溪流。它柔软但从不柔弱，它弯曲却从不退缩。即使从高崖上舍身跳下，化为无比壮丽的瀑布，也要冲开沟壑峡谷，流过高山峻岭，奔向大海。

虽然，一路上那浑浊的泥沙拼命地侵蚀它；虽然，旁逸斜出的杂物在阻拦它，但它的脚步却始终向前，因为它相信，在岁月的过滤与涤荡下自己终会一脉清莹。

生命的深度也恰如这一溪清水。

生命的本身便是一种坚持，岁月的心情就是一种期待。

人生中有坚持，随波但不逐流，才能感觉自我真实的存在。衷心期待，不轻言放弃，最后才能拥有。生命结合了坚持和期待，才会越发充盈。

生命的历程是一溪清水的奔流，既然无法预知何时止尽，就应该勇往直前。

清水流过的痕迹大地知道，自己走过的岁月，生命会毫无舍弃地保留。

生命是水　人生如流

◎ 欧巧玲

本文借助清水这一形象来写人的生命历程，写得优美动人，富有感染力。这首先归功于它运用极其形象化的手法来写。本文把生命喻为“一溪清水”，说“生命柔软但从不柔弱，弯曲却从不退缩，即使从高崖上舍身跳下，化为无比壮丽的瀑布，也要冲开沟壑峡谷，流过高山峻岭，奔向大海”；连那些泥沙、杂物也都极其形象化：泥沙“拼命地侵蚀”，杂物“旁逸斜出”想“阻拦”水流……这些活生生的形象，给人的感觉就如一个个鲜活的生命，它们身上，都体现着生命的顽强。

其次，文句极有哲理，有一种震动心灵的力量。如“人生中有坚持，随波但不逐流，才能感觉到自我真实的存在。衷心期待，不轻言放弃，最后才能拥有。”由水流想到人生，自然地提出人生的哲理，让人信服。

诗意盎然也是本文的一大特点。如“生命的本身便是一种坚持，岁月的心情就是一种期待”，“清水流过的痕迹大地知道，自己走过的岁月，生命会毫无舍弃地保留”等句，整饬和美、内蕴丰富而有理趣，这分明就是很精美的诗句。

人生处处峰回路转，时时存在柳暗花明。

即使所有的青藤树都倒了

弓　长

即使所有的青藤树都倒了，你也要站着，即使全世界都沉睡了，你也要醒着。六年前，我把这样的句子写在他的笔记本上，然后告别母校，各奔东西。

他留给我最深的印象是沿校园长跑的背影，拖着残疾的右腿，一跛一跛的，迎接着一张张表情各异的面孔，一双双好奇的眼睛。足球场上，他在“瘸子，射门”的叫喊声中跌倒，又爬起来……

六年的光阴不算长，忆起从前却恍如隔世。这期间我与很多同龄人一样，承受了不少原以为承受不起的东西。但即使在绝望的时候，也不曾用勉励别人的英雄主义诗句来自勉，仿佛那种气概已全部赠与别人，而不再属于自己。倒是记起他一跛一跛的背影。于是很艰难地学会将痛苦与耻辱变成人生的财富，咬咬牙，俨然如真正的英雄那样对自己说：“我不入地狱谁入地狱。”为此，我对他充满感激。

不想，六年后的今天相遇，他竟真诚地告诉我，直到现在，他还在读那几句留言，“即使所有的青藤树都倒了……”他脱口而出。六年来，他的工作和生活都经历了不幸，他说是这几句留言使他初衷未改。

我一下子怔住。原来，我们每个人都可以在有意或无意中给了别人很多很多。同样，也可以剥夺别人很多很多。岁月流逝，我们抓住了什么，又放弃了什么？

每一个旁人都同自己一样充满一种渴望：一声呼唤、一个微笑、一道目光、一纸信笺、一个电话、一种关注、一个会意的眼神，甚至仅仅是那么一种认可或容忍。而我们常常忽略。每个人心中都有一片绿阴，却不能汇成森林；每个人都在呼唤，却总是不能互相答应。

其实，论年龄，我们还年轻，但究竟是什么使我们的感觉日渐迟钝？使我们通常忘记年轻的本来内涵，忘记曾有过怎样的初衷、梦想和志向？偶尔失眠，于夜深人静时扪心自省，疼痛会于内心深处漫起，记起许多业已淡漠、遗忘或丢弃的东西。然而早上醒来，却无暇拾起什么，甚至忘记曾在梦中哭泣，唯一可做的事情便是将自己绑在生活的车轮上，碾过一个又一个相同的日子。“即使所有的青藤树都倒了……”这回轮到我自己来读了，读别人的话时很轻松，读自己的话时则很沉重，很痛苦，也很必要。

标榜希望　勇往直前　◎ 符水德

阿达尔切夫说过：“生活如同一根燃烧的火柴，当你四处巡视以确定自己的位置时，它已经燃完了。”有选择就会有错误；有错误就会有遗恨，但即使第一步错了，只要及时发现，就未必都错下去。人生处处都可以峰回路转，时时存在柳暗花明。路断尘埃的时候，可能是别人的一句感人心肺的话语；厄运突降的时候，可能是别人的一个微笑；风雨连绵的时候，可能是别人的一份关怀关注。因为天下的路是相连的。

《即使所有的青藤树都倒了》这篇作品的魅力就在于作者能将这一理性的东西演绎成一段活生生的真实动人的故事，让读者深受启发与教育。

文章用极为普通的故事情节述说“我”六年前的一句话改变了“他”的人生观，而六年间因自己绝望时候，不曾用勉励别人的英雄主义语句

来自勉，觉得这些气概已全部赠给别人，但不知不觉中那一跛一跛的背影时时刻刻影响着我，“我不入地狱谁入地狱”也就成了我的立志之语。

一篇文章如没有什么内涵，再生动也只是花言巧语的生动而已，而这篇作品妙就妙在内涵深刻饱含哲理。英雄主义诗句无论是书面上的，还是精神上的，它都有如利箭，不管前方是风雪迷漫还是繁花似锦，只要开弓了就会勇往直前，除非最后势尽不得已而跌下。即使如此，它也是尽全力走完全程，无憾矣！

能够这样地热爱这世界，还有什么值得畏惧呢？

和我崇拜的人生活一天

董　昊

我现在是走在18世纪初美国长岛的森林中。我步履匆匆，树木、鲜花……都从身边闪过。

我的目的地，是一座平凡的乡间小屋，一位微笑着的妇人站在院中等我。我一阵激动，冲了过去：“啊，您就是……”

妇人笑着点了点头，把我领进小屋。我正好奇地环视着小屋，突然，一条长帕蒙住了我的眼睛。

“来，孩子，让你体会一种新的生活。”

我可以说是跌跌撞撞上的楼，在那里，我见到了——应该说是摸到了——我心目中的强者海伦·凯勒。我静静地摸着她的手，她的脸，可脑中都没有一点印象，眼前仍旧一片漆黑。

“我想你很消沉，你并不快乐。”

“啊，没有。我生活很充实，很忙碌，我时常感到累，简直来不及想其他。”

“那么来吧，说说你在来路上见到的。”

“我，看见了森林，有花，还有小溪。”

“你听到可爱的鸟儿的歌唱了吗？”

“不，没注意。”我笑了。

“那树是什么样子的呢？”

“跟其他树一样，很普通。”

这是我和海伦，也可以说是和麦西夫人的对话。我觉得这是一些多么无聊的问题，我迫不及待地要开口询问海伦如何能磨炼出那超乎常人的毅力与博大的善良。

这时，海伦却引着我，摸索着走出小屋。

她的脚步一接触土地，就快步走起来。这对于我这个看不见的明眼人，是多么困难。

突然我们停住了，海伦握着我的手，一动不动。四周静了下来，我脑子里很乱。但渐渐地，耳中传来几声鸟叫，我渐渐听得出神起来，小鸟清脆的声音，时而欢快，时而低沉，仿佛在表演一首乡间小调，我不禁微笑了。

我的手接触到了冰凉的东西，哦，是小溪。溪水淙淙从我指间流过，跳跃涌动，好像是有生命，在亲吻我的手心。

我站起身，手中又接过了一片叶子。我开始细细地用指尖触摸它的纹路，它的表面光滑而清凉。

“一定是一片新绿的嫩叶！”我嗅着它的气味自语道。

整个下午我们都在森林中游荡，我们一起触摸那大树苍老的树皮，摩挲花儿柔软而卷曲的花瓣，或是躺在林边草地上，感觉和风吹拂我的脸和头发，温暖的阳光照在我们身上。我越来越急切地渴望亲眼看一下

这美丽的地方。我悔恨，怎么刚来时竟没有发现呢？

黄昏时分，我欢跳着回到小屋。我眼前的长帕终于被解下来。迎接我的是两张脸：一张是年迈却又和蔼的脸，而另一张，充满生气，还有更多更多我在今天上午还不一定会读出东西的海伦的笑脸。

“谢谢！”我无比激动地拥抱着她们，“我终于懂得了热爱生活！”

我冲出小屋，凝望我眼前的世界——它们好像是新生似的，如此的新亮、可爱。

“是啊！”我叹道，“能够这样地热爱这世界，还有什么值得畏惧呢？”

以虚写实　别具情趣 ◎ 麦玉灵

《和我崇拜的人生活一天》写得很成功，作者很巧妙地采用了以虚衬实的手法来提醒人们不要匆匆而过，忽略了周围的美的存在。

制造悬念，是本文以虚写实的第一招。本文别出心裁地给我们设了四个悬念，从而引起我们的好奇心，忍不住要先睹为快。首先，它的题目就留给读者一个很广的想象空间：和自己崇拜的人过一天会是怎样的？会发生怎样不同的事，跟我们和常人一起生活会有什么不同之处？这个悬念笼罩了全文；其次，作者在第二自然段最后的地方说：“啊，您就是……”这里并没有说出这个“您”到底是谁，是怎样的一个人，她有什么地方值得作者崇拜，从而激起了读者阅读下文的欲望，直到第五自然段才明白原来是海伦·凯勒；第三，作者在第三自然段的结尾写到：“突然，一条长帕蒙住了我的眼睛。”再次给读者留下了想象的空间：为什么要蒙着眼，接下来他们要去什么神秘、不为人知的地方吗？他们要去那里干什么？第四，“我”以前的生活是怎样的？海伦·凯勒又是怎样磨炼出那超乎常人的毅力与博大的善良的？这些悬念，有的随着读者的阅读而步步得到解释，可以增强读者的阅读愉悦，有的则需读完全文，掩卷遐思方能了悟，顿觉回味无穷，无形中增加了文章的魅力。

巧用铺垫，这是本文以虚写实的第二招。文章开端勾画了一个恬静、清新、幽美的绿森林的美好景象，当作者第一次走过这片绿森林时，并没有停下脚步去欣赏它、感受它，进而享受它，只是步履匆匆地走过，这算是虚写大自然；而在文章的后面几段中写了当作者再次走到那里时，却有了一种全新的感受，开始悔恨自己刚刚为什么没有发现这里是那么的恬静、新亮、可爱，那么值得停下脚步去欣赏和发现，这是实写了，但靠的是前文的虚写做铺垫。这样，前一次描写为后一次描写做好了铺垫，也为“我”心灵的彻悟做好了铺垫，显得很有匠心。

一句话可以改变一个人的一生。

只有你才能欣赏我

杨新华

第一次参加家长会，幼儿园的老师说：“您的儿子有多动症，在板凳上连3分钟都坐不了，您最好带他去看看。”

回家的路上，儿子问她老师都说了些什么，她鼻子一酸，差点流下眼泪来。因为全班30多位小朋友，唯有他表现最差；唯有对他，老师表现出不屑。然而她还是告诉她的儿子：“老师表扬你了，说宝宝原来在板凳上坐不了一分钟，现在能坐3分钟了。其他的妈妈都非常羡慕妈妈，因为全班只有宝宝进步了。”

那天晚上，她儿子破天荒地吃了两碗米饭，并且没让她喂。

儿子上小学了。家长会上，老师说："全班 50 名同学，这次数学考试，您儿子排第 40 名，我们怀疑他智力上有障碍，您最好能带他去医院查查。"

回去的路上，她流下了泪。然而，当她回到家里，却对坐在桌前的儿子说："老师对你充满信心。他说了，你并不是个笨孩子，只要能细心些，会超过你的同桌，这次你的同桌排在第 21 名。"

说这话时，她发现，儿子黯淡的眼神一下子充满了神采，沮丧的脸也一下子舒展开来。她甚至发现，儿子温顺得让她吃惊，好像长大了许多。第二天上学，去得比平时都要早。

孩子上了初中，又一次家长会。她坐在儿子的座位上，等着老师点她儿子的名字，因为每次家长会议，她儿子的名字在差生的行列中总被点到。然而，这次出乎她的预料，直到结束，都没点到。她有些不习惯。临别，去问老师，老师告诉她："按你儿子现在的成绩，考重点高中有点危险。"

她怀着惊喜的心情走出校门，此时她发现儿子正在等她。路上她扶着儿子的肩膀，心里有一种说不出的甜蜜，她告诉儿子："班主任对你非常满意，他说了，只要你努力，很有希望考上重点中学。"

高中毕业了。第一批大学录取通知书下达时，学校打电话让她儿子去学校一趟。她有一种预感，她儿子被清华录取了，因为在报考时，她给儿子说过，她相信他有能力考取这所学校。

她儿子从学校回来，把一封印有清华大学招生办公室的特快专递交到她的手里，突然转身跑到自己的房间里哭了起来。边哭边说："妈妈，我知道我不是个聪明的孩子，只有你能欣赏我……"

这时，她悲喜交加，再也按捺不住十几年来的泪水，任它打落在手中的信封上。

母爱是风 无处不在 ◎张 媚

这是一篇很感人的文章，我看了几遍都会流泪。我相信许多读者也会跟我一样，被文中那位母亲伟大的母爱所感动。

整篇文中，没有哪一次用到抒情或感叹句，却依然能使读者仿佛置身于浓浓的感情之中，这是这篇文章最成功的地方。

本文抓住“泪水和善意的谎言”这个核心向读者展现出一位平凡的母亲对儿子深情的爱。泪水，是大家经常见的，但此文里的泪水却很特别，每一次泪都使人感到母亲的爱。文中泪水出现四次，母亲善意的谎言出现三次。幼儿园家长会时，老师批评她儿子有多动症，竟然连老师都这样说自己的儿子，可知她内心的挣扎，但她忍住泪水，告诉儿子说有进步；小学的家长会上，老师说她儿子有智力障碍，这对一位母亲来说是多大的打击啊，但她用泪水拂去内心的痛苦，并告诉儿子他不笨；初中的家长会上，母亲由泪水转为惊喜，把老师说儿子考重点高中有危险说成有希望。这是怎样的灵丹妙药啊！她儿子终于在这些善意的谎言中奋发向上。

最后一次收到清华大学录取通知书。这次最感人，儿子跑到房间大哭，告诉母亲：“只有你才能欣赏我！”一个哭字和一句话包含着儿子对母亲多少的感激呀！这句话不仅点明了全文的主旨，而且能引起读者的共鸣。母亲也悲喜交加，把十几年来凝聚的泪水都涌了出来，“凝聚”一词蕴藏着多深的母爱啊。

母亲把她的深爱化为欣赏，深深感染了儿子，成为儿子进步的巨大推动力。每一次母亲对儿子说完话后，儿子的动作和神情都有很大的变化。第一次破天荒地吃了两碗饭；第二次眼神一下子充满了神采，去学校比平时都要早；第三次跑到房间里哭。这三次都没有直接描写儿子的内心感受，但读者却可以从这些小小的动作中理解到他读懂了母亲的爱，读懂了母亲的期望，揭示了后文那句“只有你才能欣赏我”的主旨。

这篇文章通俗易懂，语言干净利落，铺垫也有力。描写的每一个动作、每一个表情都跟主旨有关，文题扣得很紧，是一篇精彩的佳作。

光阴荏苒，流年不居，孩子无端地变成老翁，黑发也无情地变成白发，唯一不变的，就是作者对祖国那份刻骨铭心的相思，那份垂垂欲老的依恋。

握一把苍凉

(台湾)司马中原

童年，总有那么一个夜晚，立在露湿的石阶上，望着升起的圆月，天空成了碧海，白苍苍的一丸月，望得人一心的单寒。谁说月是冰轮，该把它摘来抱温着，也许残秋就不会因月色而亦显凄冷了。离枝的叶掌悄然飘附在多苔的石上，窸窣幽叹着，偶而听见高空洒落的雁声，鼻尖便无由地酸楚起来。后来忆起那夜的光景，只好以童梦荒唐自解。端的是荒唐吗？成长的经验并不是很快意的。

把家宅的粉壁看成一幅幅斑驳的、奇幻的画，用童心去读古老的事物，激荡成无数泡沫般的幻想，渔翁、樵子、山和水以及水滨的钓客，但从没想过一个孩子怎样会变成老翁的。五十之后才哑然悟出：再丰繁的幻想，也只有景况，缺少那种深细微妙的过程。你曾想抱温过秋空的冷月吗？串起这些，在流转的时空里，把它积成一种过程，今夜的稿笺上，便函落下我曾经漆黑过的白发。

但愿你懂得我哽咽的呓语，不再笑我痴狂，就这样，我和中国恋爱过，一片碎瓦，一角残砖，一些在时空中消逝的人和物，我的记忆发酵着深入骨髓的恋情，一声故国，喷涌的血流已写成千百首诗章。

浮居岛上30余年，时间把我蚀成家宅那面斑驳的粉壁，让年轻人把它当成一幅奇幻的画来看，有一座老得秃了头的山在北国，一座题有我名字的尖塔仍立在江南。我的青春是一排蝴蝶标本，我的记忆可曾飞入你的幻想？

恋爱不是一种快乐，青春也不是，如果你了解一个人是穿过怎么样的时空老去的，你就能仔细品味出某种特异的感觉，在不同时空的中国，你所恐惧的地狱曾是我别无选择的天堂。不必在字面上去认识青春和恋爱，区分乡愁和相思了。我在稿纸上长夜行军的时刻，我多疾的故土一如既往是我携带的背囊，我唱着一首战歌，青春，中国的青春。但在感觉中，历史的长廊黑黝黝的，中国恋爱着你，连中国也没有快乐过。

忧患的意识就是这样生根的。我走过望而却步不尽天边的平野，又从平野走向另一处天边；天辽野阔，扫一季落叶烧成在火中浮现的无数的人脸，悲剧对于我是一种温暖。而一把伞下旋出的甜蜜柔情，只是立于我梦图之外的幻影。但愿你懂得，皱纹是一册册无字的书，需要用心灵去辨识，去憬悟。恋爱可能是一种快乐，青春也是。但愿我的感觉得到你感觉的指正。你是另一批正在飞翔的蝴蝶。

一夜我立在露台上望月，回首数十年，春也没春过，秋也没秋过，童稚的真纯失却了，只换得半生白白的冷。一刹那，心中浮起人生几度月当头的断句来，刻骨的相思当真催人老去吗？中国，我爱恋过的人和物，土地和山川，我是一茎白发的芦苇，犹自劲立在夜风中守望。而这里的秋空，没见鸿雁飞过。

把自己站立成一季的秋，从烟黄的旧页中，竟然捡出一片采自江南的红叶，时光是令人精神错乱的迷雾，没有流水和叶面的题诗，因此，我的青春根本缺少“红叶题诗”的浪漫情致，中国啊，我的心是一口生苔的古井，沉黑幽深，满涨着垂垂欲老的恋情。

一个雨夜，陪老妻找一家名唤“青春”的服装店，灯光在雨雾中炫身成带芒刺的光球，分不清立着还是挂着，妻忘了带地址，见人就问：青春在哪里？被问的人投以诧异的眼——一对霜鬓的夫妇，竟然向他询问青春？后来我们也恍然觉出了，凄迟地对笑起来，仿佛在一霎中捡取童稚期的疯和傻，最后终于找着那间窗作门面的店子，玻璃橱窗里，挂满中国古典式的服装，猜想妻穿起它们来，将会有些戏剧的趣味。若说人生如戏，也就是这样了，她的笑瞳里竟也闪着泪光。三分的甜蜜，竟裹着七分的苍凉，我们走过的日子，走过的地方，恍惚都化成片片色彩，涂抹出我们共同爱恋过的中国。中国不是一个名词，但愿你懂得，我们都不是一个名词，但愿你懂得，我们都不是庄周，精神化蝶是根本无须哲学的。

握一把苍凉献给你，在这不见红叶的秋天，趁着霜还没降，你也许还能觉出一点我们手握的余温吧！

乡愁郁郁　何以解愁 ◎ 徐少燕

台湾作家司马中原先生的这篇散文，抒发了客居他乡的游子的乡愁。这种对故土故人的苦思苦恋，使游子的心变得脆弱而敏感，一片从枝头飘坠的落叶便能击伤他的心灵，一声从高空洒落的雁鸣也能勾起他的相思，读来感人至深。

在童年时代，作者“把家宅的粉壁看成一幅幅斑驳的、奇幻的画，用童心去读古老的事物，激荡成无数泡沫般的幻想”，童年的生活色彩缤纷，童年的生活充满乐趣。回忆往事，心底透出丝丝的甜蜜。光阴似箭，30余年的时间把作家“蚀成家宅那面斑驳的粉壁，让年轻人把它当成一幅幅奇幻的画来看，看一座老得秃了头的山在北国。”但他的记忆里却从未被锈蚀，50年后的一个夜晚，当他又一次在露台上望月时，浮在心头的，仍是故国的人和物，土地和山川。光阴荏苒，流年不居，孩子无端地变成老翁，黑发也无情地变成白发，唯一不变的，就是作者对祖国那份刻骨铭心的相思，那份垂垂欲老的依恋。这一切，都自有一种说不清道不明的苍凉。

台湾的特殊环境，使作家对故国的爱恋更加深厚。作者在文中安排了一个看似无心实则有意的细节：一个雨夜，作家陪他的妻子找一家名叫“青春”的服装店，玻璃橱窗里，挂满中国古典式的服装，这就使得作家愁肠百结，心中既流淌着三分的甜蜜，又裹挟着七分的苍凉。“青春在哪里”，这是双关之语。一方面，作者在思恋的苍凉中苦等了50多个年头，但祖国还是远在他方；挂在“青春”店里的衣物，见证着作者的满腔思乡恋国之情。因此他说：“悲剧对于我是一种温暖。”作家只有通过回忆来温暖他苍凉的心境，这种深细微妙的过程，实在令人不胜欷歔。

这篇散文的语言优美凝练，清新自然，含蓄蕴藉而又情味十足，非常富有诗的神韵和风格。例如：“童年，总有那么一个夜晚，立在露湿的石阶上，望着升起的圆月，天空成了碧海，白苍苍的一丸月，望得人一心的单寒。”“一夜我立在露台上望月，回首数十年，春也没春过，秋也没秋过，童稚的纯真失却了，只换得半生白白的冷。”这些句子让读者知道台湾同胞们对故国的思恋之情，离开母亲的关怀，是那样的痛苦，同时，也表达了我们对台湾同胞们的思恋，期望着台湾早日回归祖国。从整体上看本文，它其实是一团浓浓的苍凉中带着甜蜜的乡愁。

你必须奉献出自己的果实，否则在这个世界上，没谁会真正认识你。

一棵核桃树

刘燕敏

房前有片菜地，自从用篱笆圈起来，边上就长了一棵树。由于不妨碍种菜，一直就没动它。后来菜地荒了，篱笆没了，门前就多出一棵树。孩子两岁时，去了一次乡下，回来问我："妈妈，爷爷院子里有一棵枣树，我们家的这一棵也是枣树吧？"

大人不在意的事，经孩子一问，就显得非常复杂。听了儿子的问话，我顿时犹豫起来，我还真不知它是棵什么树。于是每有人来，我便多了一件事，那就是，问他们是否认识那棵树。

一天，农校的一位朋友来，喝茶叙旧之后，我把他引到院子里："这棵树你该认识吧？"他审视了一会儿，说："这是一棵李子树，一看叶子就知道。"当天晚上，我告诉儿子："以后你有李子吃了，我们家的那棵树是李子树。"

寒来暑往，日复一日，李子树一天天长大。就在孩子从幼儿园升小学的那一年，它开花了。此时，适逢父亲从乡下来，他看着房前的李子树，说："今年你们有樱桃吃了，你看你们门前的那棵樱桃树，花开得多茂盛。"

"爷爷，那是棵李子树。"

"傻孩子，李子树什么样子，我能不知道吗？你们家的这一棵是樱桃树。”

被我们叫了三年的李子树，原来是一棵樱桃树。

父亲走后，樱桃花开始飘落，几粒青色的果实开始显露出来。就在儿子等着吃樱桃的时候，不知是因为什么原因，树上看得见的几个果子开始脱落，直到一个不剩。那棵树从此再没人关心。

深秋的一天，房前有人丈量土地，听说开发公司要在这儿盖一栋大楼。一位画线员在那儿喊：“这是谁家的核桃树，要移赶快移走，明天挖掘机就来了。”明明是我们家的樱桃树，怎么又成了核桃树？我从家里出来，说：“那是我们家的樱桃树。”

“樱桃树？我没见过樱桃树，还没吃过樱桃吗？那上面明明挂着一颗核桃。”画线员边说，边顺手指向树梢。那儿确实挂着一枚小小的核桃。我们家房前的那棵树，不是一棵樱桃树，它是一棵核桃树。

十年过去了，每次想起我们家的那棵树，心中总有一种说不出的感慨。这棵树多次被我们张冠李戴，最后是它用一枚小小的果子，向我们证实了它的真实身份。

它要我知道，作为一个人，你必须奉献出自己的果实，否则在这个世界上，没谁会真正认识你。

奉献果实　证明自我　◎ 蔡志军

《一棵核桃树》用平实的语言记述了一个平凡的生活故事，却深含着生活的至理。

人生的价值在哪里？这个著名的哲学命题，曾经难倒了很多哲学家，有的人甚至穷其一生都没有找到答案。究其原因，固然有思想和智慧上的问题，但生活的偶遇也是关键。本文从生活中的偶然一件小事出发，深入思考后，发现了这个问题的答案：人生的价值在于奉献。

那棵核桃树，由于未长成形，没人真正认识它，曾被人误认为是李子

树或樱桃树，最后还是它用自己的果实证明了自己的身份。这个平淡的故事，蕴含着深刻的生活哲理：人应该用什么来证明自己的存在价值？在回答这个问题时，有的人用嘴巴，有的人用行动，有的人苦思冥想，有的人扣天问地，但这棵树却选择了果子，用果子来证明自己。我觉得这是最佳的选择，对，用自己的劳动成果来证明自己，比什么都实在，都有力。

每个人都希望自己有价值，那么，怎样去实现自己的价值呢？奉献自己吧，这是唯一的选择。在证明自己的存在价值的时候，光靠吹说毫不管用，尽管只是一枚小小的人生果子，也比任何的巧辩都有力。

开卷未必有益，对待不同的困境，我们要用不同的方法去解决。

下 雨

小 山

园子里有一条芹菜林阴小道，毛虫达娃经常独自去散步。

“散步就等于：一棵孤零零的蘑菇有了朋友。”毛虫说。但是毛虫今天没去散步，他在茄子杈上闷头看书。一本他读不够的书。书上有一个魔法故事，让他想了又想。

“达娃，总看书是没有用的！”蚂蚁对他

喊道。真的，生活很多时候不像书里写的。

达娃仍旧继续看着书。

“啪，”“啪……”落雨了，茄子秧摇摇晃晃。

达娃赶紧爬下来。菜园子一片响声，好像所有的菜叶子都在鼓掌——雨水对它们来说是真正的可口可乐。

“千万别弄湿我的书。”达娃一边躲着雨滴，一边咕哝。等他稳稳靠着茄秆站住，才觉得必须回到他的树上。他忽然想：

“为什么不试一试魔法呢？”

当然达娃没办法按书上说的做。他没有药水、烧杯、甲虫的眼睛、蟾蜍粉末，也没有坩埚。更无可奈何的是，书上根本没写咒语是哪几个字。

雨哗哗地下着，垄沟里灌满了水。马上到树上去才是安全的！他却不是游泳高手。

如果能搭一座桥就好了，他想。头顶上的蜘蛛正在茄子和芸豆架间走空中索道——那是人家自己的手艺。可恶的蜘蛛对他哈哈大笑：“水煮毛虫面条喽……”

达娃顾不得被嘲笑，他围着茄秆转了一圈，想冒险下水。“哪本书上写过呢？”他回忆看过的书——但愿有个渡水的办法。想不起来了。

嗬，螳螂做得带劲儿呀，她放倒一棵蒿子，然后大摇大摆渡过水到胡萝卜上。达娃忙喊：

“蒙纶——等等我……”还没喊完，螳螂却用大刀把蒿子拽过去了。螳螂是最自私的，她从来做事只为她自己。书上关于自私的角色不少——书上总有英雄把他们教训一顿！

达娃可从不会对谁狠狠来一把。

雨还是哗哗地下着。达娃抱着他的书，冷得直打战。他喃喃自语；“书啊，书啊，我们只有等待天晴了。”

那还能怎么办？许多时候，书真的无法帮助你解决实际问题。

嘿，在现实里学几招生存窍门吧，达娃。

面对现实 勇敢实践 ◎林 晓

这是一篇拟人化的童话故事，通过叙述一条总是死抱着书本而不知变通又不从实际出发思考的毛虫“达娃”，展现了只是一味“死读书”的人的悲哀。

文章通过拟人的手法给我们展现了这条毛毛虫的幼稚可笑。无论遇到什么困难的事情，身处什么困境，它都表现出太过依赖于书本。毛虫“达娃”第一个念头想到的总是书本上有没有说到的。从来没有想过自己怎么设身处地想法解决问题，对别人的劝告也不理睬，是一个顽固不化的“小家伙”。

当真正面临大雨的时候，它绞尽脑汁想跨过垄沟爬到树上去，但想来想去都还是书本上所说的“魔法”、“搭桥”、“游泳”三类异想天开而又不务实际的方法，因为毛虫本身就没有“搭桥”、“游泳”的技能。毛虫“达娃”就是太过于迷信书本而忽略了自身的实际情况，以至于被“套”在雨中让蜘蛛取笑它说“水煮毛虫面条”。

危急之时，它的观念有了些许转变，决定要冒险试做，但还没付诸行动之前，它却只拼命回忆有哪本书说过没有，从而更显示出毛虫“达娃”顽固不化、不知变通，太依赖书本的个性，写到这就容我打个比喻：毛虫就像总是依赖妈妈怀抱的孩子，不能离开寸步，一旦离开就是束手无策，只落得一个哇哇大哭。

从毛虫“达娃”避雨所遇到的困境，我们从中看出，像毛虫“达娃”这一类读书人，如果太过于拘泥于书本，而不能从实际出发，没有自己的主见，是很难融入生活去生存的。当然书本也是一种获得生活知识的途径，但有时“开卷未必有益”。正如文中所说“生活很多时候不像书里所写的一样”，这就教会了我们一个道理：要正视生活，对待不同的困境，我们要用不同方法去解决，结合书中的真谛亲身去实践，懂得变通创新才是解决问题的关键，这也是我们少年人成长过程中所必须掌握的本领。

Part Six
若有所思

轻率的行动往往是愚蠢的开始。面对困难，我们应该撇开浮躁，稳定心绪，让我们的思想深入本质，让我们的心灵洞悉世事。

世故是一把利刃，它削剥剖解一切的美好，使它们支离破碎，然后自己也随之支离破碎。

拥有的一刻

(台湾)罗　兰

工作的吸力不如那几本诗词的吸力大，面对两张书桌，理智让我整理演讲稿，感情却拖着我来投奔这边的几本诗集。

在这边，我可获得一种快乐的宁静，一种美好的清凉。在这边，我可得到灵魂的涵泳，似一条鱼，泳于宁静深湛的碧海。智慧之洋托拥着我，卫护着我，使我觉得安逸与闲适。告诉我，这里有来自自然的真爱护，真照顾；有来自自然的博大深沉的真理。你属于自然，因此你的乐来自自然；你的苦归于自然；你的得原属自然，你的失消灭于自然。无得无失，只因你是自然的一部分，一微粒。你不会真的拥有，但你也拥有一切。

早上去邮局寄信，路经那无边的草地。新树的新绿与青草的清香，在薄雾氤氲的早晨空气中，一片宁适。我谛视这美好，不忍离去。人，如想拥有，这一刻，便是真的拥有。一切都是你的，只要你知道，你领悟。

许多时，人们不知道自己已然拥有好多；而只一味追求那微小而局限的，并希望永远拥有那已经到手的微小而局限的。于是为了保有微小与局限，而无心去理解自己随时可以由了悟而拥有的博大与广远。

傍晚去华冈，沿途一片灰绿的色调。迷蒙澹远，杳无人踪。平滑的山路，静静地向上延伸，车子静静地向上行驶，远远近近的林木与灰蒙蒙的空间交织成一片宁静。这幅大自然的巨画无尽无穷，色调却只是灰与绿，何等单纯！

我欣赏，我即拥有。谁比能拥有这幅巨画的人更富有？

有个学生问我："应否保有赤子之心？"

当然哪！当然！

世上岂有比这颗赤子之心更可贵的？

当你保有它，你才知道爱，才相信爱；才知道真，才相信真；才知道美，才相信美。

世故是一把利刃，它削剥剖解一切的美好，使它们支离破碎，然后自己也随之支离破碎。

我说，我要去山上走走。现在就去，不要等将来。

有些事不必等将来。

人生有涯，健康有暇的日子不易获。当你享有，你要把握。

精妙其外 理趣其中 ◎ 林盈斌

罗兰散文细腻精巧，妙语连珠，历来以富有理趣、语言精美著称，《拥有的一刻》同样具有如此特点。比如，"你属于自然，因此你的乐来自自然；你的苦归于自然；你的得原属自然，你的失消灭于自然。无得无失，只因你是自然的一部分，一微粒。你不会真的拥有，但你也拥有一切。"这似乎深奥得更像和尚嘴中溜出的叫人难懂的经文，但细细一想，确也有理，我们来到这世上，辛辛苦苦，忙忙碌碌，到头来，我们带走了什么？又如，"世故是一把利刃，它削剥剖解一切的美好，使它们支离破碎，然后自己也随之支离破碎"，这是对世俗社会中的人际关系的概括

与诠释，是对传统道德观的一种蔑视与鞭挞，只简简单单一句话，却道出了人世间极其深刻的哲理。启人沉思，发人深省，这正是罗兰散文的特色之一。

罗兰散文的语言特色主要是内蕴丰富，热烈真挚。没有内涵的语言是不成功的，《拥有的一刻》语言的内涵达到了极其丰富的程度。如淡淡的一句“有些事不必等将来”，便在读者心湖中投下了一块巨石，顿时激起千重浪花——回想过去，悔不当初；展望未来，怦然心动！一语之力，竟至于斯，罗兰可真了得。但她的语言之妙何止于此，再如“傍晚去华冈……”一段，似在叙述一幅宁静的美景：背景是“迷蒙澹远”的；路是静静的，车也是静静的，这种宁静甚至扩充到“远近林木与整个空间”。读者读了此段，只会觉得景物蒙眬，格调凄凉，但作者却不哀伤，结束时用“何等单纯”四个字来抒发赞美之情，让人突觉眼前一亮。这须用炽热的赤诚来控制自己的笔，方有如此效果。

如果人不懂得知足，就不会有快乐的一天，只会感到更空虚，更痛苦。

人生三境界

覃筱静

人生有三重境界，这三重境界可以形象地比喻为：看山是山，看水是水；看山不是山，看水不是水；看山还是山，看水还是水。这是我从一本哲理书上看到的一段话，细细品味，觉得可以这样来理解这段话。

看山是山，看水是水。这重境界是针对孩子说的，孩子来到这个世界，什么事对他们来说都是新鲜的、陌生的，只有通过家人和老师来教育，他们才会认识事物。你告诉他这是什么，他便认识了什么，不会故意认错，以致说一是一，说二是二，看山是山，看水是水。

看山不是山，看水不是水。这重境界是针对中年人说的，随着年龄的增长，社会阅历的增多，人们的思想也变得越来越复杂。此时，人们看到的山不再是单纯意义上的山，水不再是单纯意义上的水了。有些人站在这山，发现那山更高；沐在此水，又想到那水更净，欲壑难填，永远也没有满足的一天。有些人为名，为利，为美色绞尽脑汁，活得很累。其实，人生苦短，只要活得快乐便行，何必追求过高甚至不着边际的标准呢！

看山还是山，看水还是水。这重境界是针对老年人说的。步入老年，从岗位上退下来，许多人都能认真反省自己的大半生，忙忙碌碌，最后得到了什么？有些人实现了理想，却牺牲了健康；有些人积累了财富，却失去了诚信。

善于反省的人才会达到人生的第三重境界，认识到钱财这东西，生带不来，死带不去，钱财再多，也是要回归自然。达到这种思想境界的人，看山还是山，看水还是水。

写到这里，我想到了一段处世箴言：人本是人，不必刻意去做人；世本是世，无须精心去处世。这就是真正的做人与处世了。

人本是人 世本是世 ◎ 占正云

作者一开篇便开门见山地点明了人生的三重境界，令读者明确文章的写作目的。这三重境界是人生的必经阶段，一般的说，它们分

别与人生的三个时期相对应。

相比之下，作者似乎更欣赏第三重境界，只有善于反省的人才能达到人生的第三重境界。无论是在什么时候，善于反省都是人生重要的一部分。

俗语说：知足常乐。人要懂得知足，因为“欲壑难填，永远也没有满足的一天”。如果人不懂得知足，就不会有快乐的一天，只会感到更空虚，更痛苦。

所以在这里，作者就给读者阐明了一个道理：反省是必须的，不懂得去反省的人，永远也不会知道人生的真谛。由此，我们就更能体会“人本是人，不必刻意去做人；世本是世，无须精心去处世”这一句话的真正含义了。

一路风霜，一路流离，为谁辛苦为谁忙！青春的懊悔和无奈，失意和哭泣，都是为了秋天的收获。

我的四季

张　洁

生命如四季。

春天，我在这片土地上，用我细瘦的胳膊，紧扶着我锈钝的犁。深埋在泥土里的树根、石块，磕绊着我的犁头，消耗着我成倍的体力。我汗流浃背，四肢颤抖，恨不得立刻躺倒在那片刚刚开垦的泥土之上。可我懂得我没有权利逃避，在给予我生命的同时所给予我的责任。我无须问为什么，也无须遐想有没有结果。我不应白白地耗费时间，去无尽地感慨生命的艰辛，也不应该自艾自怜命运怎么这样不济，偏偏给了我这样一块不毛之地。我要做的是咬紧牙关，闷着脑袋，拼却全身的力气，压到我的犁头上去。我绝不企望有谁来代替，因为在这世界上，每人都有一块必得由他自己来耕种的土地。

我怀着希望播种，那希望绝不比任何一个智者的希望更为谦卑。

每天，我望着掩盖着我的种子的那片土地，想象着它将发芽、生长、开花、结果。如一个孕育着生命的母亲，期待着自己将要出生的婴儿。我知道，人要是能够期待，就能够全力以赴。

夏日，我曾因干旱，站在地头上，焦灼地盼过南来的风，吹来载着雨滴的云朵。那是怎样地望眼欲穿、望眼欲穿呐！盼着、盼着，有风吹过来了，但那阵风强了一点，把那片载着雨滴的云朵吹了过去，吹到另一片土地上。我恨过，恨我不能一下子跳到天上，死死地揪住那片云，求它给我一滴雨。

那是怎样的痴心妄想！我终于明白，这妄想如同想要拔着自己的头发离开大地。于是，我不再妄想，我只能在我赖以生存的这块土地上，寻找泉水。

没有充分的准备，便急促上路了。历经的艰辛自不必说它。要说的是找到了水源，才发现没有带上盛它的容器。仅仅是因为过于简单和过于发热的头脑，发生过多少次完全可以避免的惨痛的过失——真的，那并非不能，让人真正痛心的是在这里：并非不能。我顿足，我懊恼，我哭泣，恨不得把自己撕成碎片。有什么用呢？再重新开始吧，这样浅显的经验却需要比别人付出加倍的代价来记取。不应该怨天尤人，会有一个时辰，留给我检点自己！

我眼睁睁地看过，在无情的冰雹下，我那刚刚灌浆、远远没有长成的谷穗，在细弱的稻秆上摇摇摆摆地挣扎，却无力挣脱生养它，却

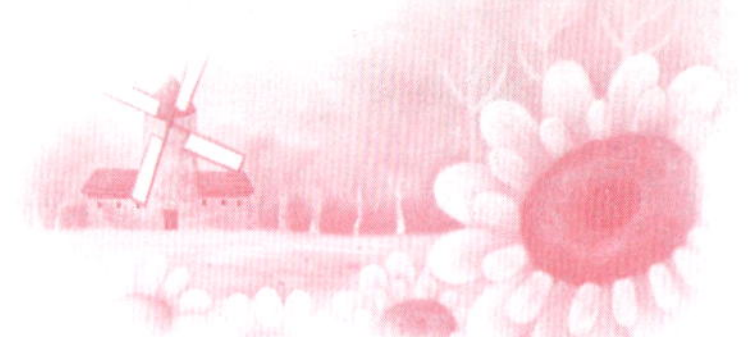

又牢牢地锁住它的大地，永远没有尝受过成熟是怎么一种滋味，便夭折了。

我曾张开我的双臂，愿将我全身的皮肉，碾成一张大幕，为我的青苗遮挡狂风、暴雨、冰雹……善良过分，就会变成糊涂和愚昧。厄运只能将弱者淘汰，即使为它挡过这次灾难，它也会在另一次灾难里沉没。而强者却会留下，继续走完自己的路。

秋天，我和别人一样收获。望着我那干瘪的谷粒，心里有一种又酸又苦的欢乐。但我并不因我的谷粒比别人的干瘪便灰心或丧气。我把它们捧在手里，紧紧地贴近心窝，仿佛那是新诞生的一个自我。

富有而善良的邻人，感叹我收获的微少，我却疯人一样地大笑。在这笑声里，我知道我已成熟。我已有了一种特别的量具，它不量谷物只量感受。我的邻人不知和谷物同时收获的还有人生。我已经爱过，恨过，欢笑过，哭泣过，体味过，彻悟过……细细想来，便知晴日多于阴雨，收获多于劳作。只要我认真地活过，无愧地付出过，人们将无权耻笑我是入不敷出的傻瓜，也不必用他的尺度衡量我值得或是不值得。

到了冬日，那生命的黄昏，难道就没有什么事情好做？只是隔着窗子，看飘落的雪花、落寞的田野，或是数点那光秃的树枝上的寒鸦？不，我还可以在炉子里加上几块木柴，使屋子更加温暖，我将冷静地检点自己：我为什么失败，我做错过什么，我欠过别人什么……（但愿只是别人欠我），那最后的日子，便会心安得多！

再没有可能纠正已经成为往事的过错。一个生命不可能再有一次四季。

未来的四季将属于另一个新的生命。

但我还是有事情好做，我将把这一切记录下来。人们无聊的时候，不妨读来解闷；怀恨我的人，也可以幸灾乐祸地骂声：活该！聪明的人也许会说这是多余，刻薄的人也许会演绎出一把利剑，将我一条条地切割。但我相信，多数人将会理解，他们将会公正地判断我曾做过的一切。

在生命的黄昏里，哀叹和寂寞的，将不会是我！

生命如歌 平淡是真

◎ 陈素萍

《我的四季》将人的一生喻为四季，每个季节都有各自的特点，只有恰当地选择意象，才能把这些特点表现出来。本文在这一点上为我们提供了一个很好的范例。

春季，是播种的季节，我"用细瘦的胳膊，紧扶着我锈钝的犁。深埋在泥土里的树根、石块，磕绊着我的犁头，消耗着我成倍的体力。"这里的"细瘦的胳膊"，是少年时期尚未成熟的形象，而那些"树根"、"石块"，顽固而无处不有，正是人生前进路上的种种阻碍的形象写照。"犁"是前进的步伐，由于未经磨炼，我的犁是"锈钝"的，每前进一步，都须付出艰辛的努力，因为那些磨难老是在为难我。夏季，是耕耘管理的季节，是人的青春时期的写照。由于干旱，"我"渴望雨水的滋润。这里的"干旱"和"雨滴"，是青春期种种渴望和憧憬的象征：价值、理想、爱……总之，都是"干旱"的，都在渴望着老天爷赐予雨露，得以滋润，多么贴切！老天爷冷酷无情，"我"只好自己寻找"泉水"，这"泉水"就成了青春的理想的代名词。青春时期，不知道追求理想是需要准备足够的行囊的，就跌跌撞撞地上路了，后来找到泉水了，却发现没带"盛水容器"，一路风霜，一路流离，为谁辛苦为谁忙！青春的懊悔和无奈，失意和哭泣，都有很多，不易表现，但"找到泉水却没带盛水容器"这一形象的写法，却具体而巧妙地表现出了这一切。秋季，该收获了，"干瘪的谷粒"是我的劳动成果，这一形象，恰如其分地表明：我得到的太少，取得的成就远不如人。但既是"谷粒"，就说明已成熟，尽管它是"干瘪的"。成熟，正是人生的归宿啊！冬日到了，生命步入黄昏，我"在炉子里加上几块木柴"，"冷静地检点自己：我为什么失败，我做错过什么，我欠过别人什么……"这是老年人发

挥余热的写照：为家庭、社会做点服务，并总结一些人生经验。这些，作者只用“在炉子里加上几块木柴”和“检点自己”来表现，意象简单而含意隽永。

这些意象都是生活中常见的平凡事物，用平凡事物来写生命的平凡，文章就显得有点不平凡了。人的一生很漫长，生命的四季很复杂，不容易写得完整实在，但本文由于恰当地选取意象，抓住意象的特点来施墨，所以写得具体可感。作者用平凡的点点滴滴来给生命献赞礼，竟写得如此动人，真不愧是高手。

正是人类自己赋予了大自然以人的面貌、思想和感情，使大自然打上了人类改造自然的深深的烙印，作者从中感知和意识到了自己的存在，意识到人生的价值和存在的伟大。

启　示

洋　中

我喜欢在海边静静地思索。面对浩瀚无边的大海，像面对缥缈无涯的星空一样，思维的翅膀在这广阔的天地里会飞得很远、很远……

我凝视着。头上，那比地球还古老的阳光，远处，那像大海一样悠久的群山，那从未止息过的碧波，有进有退的潮水，甚至，就在我身边，这一块目睹了多少人间沧桑的礁石。这一切，都会使我想到世界的永恒，自然的永恒。哦，再想去呢，我便常常堕入一种无名的怅惘。人，在自然面前显得多么短暂、渺小……

可是有一天，一个偶然的机会，我在海边遇见了一位熟识的老渔民。我们攀谈了起来。从打鱼聊到天气，从大海聊到人生。我忽然感叹地说："人和大海相比真是太渺小，太短促了。"老渔民似乎不假思索地笑了笑，随口说："那是你会想，海懂得什么？"他的不经意回答，犹如一道电光在我心灵深处一闪。我似乎获得了一种启示。我望着大海、群山、礁石……许久，忽然产生了一个前所未有的思想。我想，是呵，海懂得什么！山懂得什么！它们虽然已经存在了亿万年，今后，也许还将存在更多的亿万年，可是，它们并没有也不可能感知和意识到自己的存在，哪怕一分钟，一秒钟呢！而我，虽只有短短的几十年的岁月，却每时每刻，甚至在梦中也都意识到自己的生命，自身的存在。而且，不正是人类自己赋予了大自然以人的面貌、思想和感情吗？在无知的自然面前，人，难道不该感到骄傲和神圣吗？我顿时觉得第一次用另一种眼光审视着眼前的大海，并仿佛感到自己渐渐高大起来……

我为这意外的收获而高兴。我急忙跑去找那位渔夫。可是沙滩空空

的，老渔民已经出海了。举目望去，只见前方的海面上一叶小舟在风浪中驶去，驶去。而我，那些无名的怅惘也仿佛被它带走了……

尊重自然　欣赏自我 ◎ 袁小娟

《启示》是一篇短小而富有感悟的哲理散文，具有很强的吸引力和启发性。它让人感悟到人生的意义，领悟到自身的存在。作者运用自己的领悟，写出了寓理和韵味，给读者以深刻的启迪与教益。

文章善用对比。开头先写出作者的内心想法：那比地球还古老的阳光，那像大海一样悠久的群山，那从未止息过的碧波，那日夜进退的潮水，甚至，连一块目睹了多少人间沧桑的礁石都会使作者想到世界的永恒，自然的伟大。以这种永恒和伟大与人的一生相比，人在自然面前就显得多么短暂、渺小……作者借大自然的景物来与人生作比，觉得大自然是永远存在的，而人却要经受生老病死，充其量也只一百几十年，实在是太短促了。可是有一天，一个偶然的机会，作者遇见一位老渔民，和老渔民交谈，从打鱼聊到天气，从大海聊到人生。面对作者的感叹，老渔民不假思索地笑了笑，随口说："海懂得什么？"老渔民不经意的回答，犹如一道电光在作者心灵深处一闪，让作者获得了一种启示，产生了一个前所未有的思想。使作者懂得人类在自然面前感到骄傲和神圣。让作者感知和意识到自己的存在，意识到自己的生命和自身的价值，而且，正是人类自己赋予了大自然以人的面貌、思想和感情，使大自然打上了人类改造自然的深深的烙印，当我们站在大自然面前，顿时感到自己仿佛渐渐高大起来……作者通过与老渔民的攀谈，由老渔民那一句不经意的话引出了文章的中心旨意，让读者慢慢领悟到其中的深意，从而懂得了应该怎样看待人生的价值及意义。

文章以自己的想法开篇，以渔民的一句话给作者的感悟及启示作结，文章构思巧妙，让人受益匪浅，值得品读、欣赏。

我们祈祷过太多次舒适和安逸，可是这样的祈祷少有如愿。我们倒不如祈祷生活的根能往纵深处伸展，这样，即使冷风吹，大雨淋，我们也不会散碎成一片片。

祈祷生活之根更深

九月衣

小时候，隔壁有个老邻居，吉布斯医生。他看起来一点也不像医生的样子，每次看到他的时候，他都穿着粗斜纹棉布的工作裤，戴着一项草帽，草帽的前沿是一副绿色的塑料太阳镜。吉布斯医生总是笑，笑容与他的草帽很般配——满是褶子、饱经风霜。我们在他的院子里玩，他从来都不会对我们大喊大叫。我记得他是个非常聪明的人，似乎他周围的环境还根本培养不出这样善良的人来。

吉布斯医生不治病救人的时候就种树。他的家占地十英亩，他一生的目标就是把这块地变成森林。

善良的吉布斯医生对种植有他一套独特而有意思的理论。他深信“没有痛苦，就没有获得”。他从不给他的树浇水。公然违抗传统常识。有一次，我问他为什么，他说

给植物浇水会宠坏了它们，它们的后代只会越来越虚弱。所以你应该让它们周围的环境变得艰难一些，那些过于柔弱的树苗要趁早锄掉。他继续解释，说浇水只会让植物的根变浅，不浇水的树的根会向深处生长，自己寻找地底深处的水分。

所以吉布斯医生从不给他的树浇水。我记得他种过一颗橡树，却从不像其他人那样每天清晨给它浇水，相反，吉布斯先生总是拿一张卷起来的报纸去打它："辟""啪""乒"，我问他为什么要这样做。他说这样做是为了吸引树的注意。

我离开家去读书，几年后，吉布斯医生便去世了。现在我还时不时地会经过他的房子，看看他 25 年前种下的树。这些树，现在跟花岗岩一般强壮坚硬、硕大无比，郁郁葱葱。

几年前。我也种了一些树，整个夏天我都殷勤地给它们浇水，为它们祈祷。可是两年的娇生惯养让它更加弱不禁风了。每次冷风袭来，它们就会颤抖着摇摆不止，一副娇宝宝的模样。

反倒是吉布斯医生的那些在困境和匮乏中长大的树，却获得了舒适和安逸不能赋予的滋养。

每晚我上床睡觉前，都会去看看我的两个儿子。我站在他们身旁，看着他们小小的身子吸入生命，又呼出生命。我经常为他们祈祷，祈祷消去他们的艰难和困苦吧。可是，最近我意识到，我该改改为他们祈祷的内容了。我意识到我的孩子终归是要遭遇困难的，我以前的祈祷真是过于天真了：因为无论身在哪儿，都会有冷风袭来。

于是我改变了每晚睡前的祈祷词。因为，生活本是艰难的，不管我们愿不愿意。现在，我祈祷儿子的根能往深处蔓延。这样他们才能从隐藏之处获得力量。

我们祈祷过太多次舒适和安逸，可是这样的祈祷少有如愿。我们倒不如祈祷生活的根能往纵深处伸展，这样，即使冷风吹，大雨淋，我们也不会散碎成一片片。

非常观念 非常人生 ◎ 杨永丽

这是一篇篇幅短小、语言质朴的文章，没有华丽的言辞修饰，更没有名言名句的衬托，作者只是用简练的文字叙述自己身边最熟悉的事物，道出了人生道理：生活本是艰难的，生活之根要往深处蔓延，从隐藏之处获取力量。

作者以邻居吉布斯医生为叙写对象，写了吉布斯的生活习惯、性格特征及其独特的人生信念。他除了行医，还有另一个人生目标——种树。他种树的方法独特，不给树浇水。他说："给树浇水，只会让它的根变浅，不浇水的树根会向深处生长，自己寻找地底深处的水分。"而作者曾经也种过树，每天都殷勤地给那些树浇水，但是结果怎样呢？"娇生惯养让它们更加弱不禁风。冷风袭来，就会摇摆不止，一副娇宝宝的样子。"这与吉布斯医生种的那些"在困境和匮乏中长大的树，跟花岗岩一般强壮坚硬，硕大无比，郁郁葱葱"形成了鲜明的对比。这是"过分爱护"与"顺着树的本性让它自然生长"两种不同种树态度导致的不同结果。由种树这件简简单单的事情，作者感悟了吉布斯的"没有痛苦，就没有获得"的人生道理。思及对"自己"的儿子悉心照顾，尽可能给予他们安逸与舒适，百般的溺爱必然使得他们如同温室里的花草，禁不起风吹雨打，却祈祷着他们一生一帆风顺，这是不可能的。马尔斯顿曾经说："我们不能控制生活，但是我们能够和它斗争。"拿破仑也说："人是从苦难中滋长起来的、唯有乐观奋斗才能不断茁壮，反之则易埋没，默默终生。"这两位伟人的话正道出了本文的深义：不管在生活的顺境或是逆境中，都要适应环境，经得起风吹雨打，把根深深地扎向大地，吸收水分和养料，努力向上，长成参天大树。

作者的写作材料来自真实生活，反映人们接触过、感受过的日常现实生活，立意具有生活的现实性、充满了生活哲理的色彩，是一篇感染力很强的文章。

盲人是较容易见到上帝的，因为他们不会被这个散发着虚假光晕的表象世界所迷惑。他可以一直反省自己，反观自己，见到自己心灵中的光。那光芒是美丽绚烂无比的。

天使之声

赵 焰

盲人是最容易见到上帝的人。

说这话是有理由的，我们很容易从聆听波切利的歌声中得出这个结论。波切利的嗓音，仿佛是从很遥远而又很接近的地方飘出来的，很熟悉也很清明。不是炽热，更不是寒冷，不是柔情，更不是坚韧和刚毅，而是温暖，散发着一种夕阳中圣殿的光芒。还有安详，那种柔柔的，带着点热气的暖风，那可以透过你的毛孔，一直暖到你的心房中去，就像有一只温暖绵软的上帝之手，托着你的心叶在抚慰。这时你的所有思绪都不需要，就这样一直沉浸，沉浸到自己的内心深处。

这是一种回家的感觉。

这种感觉，竟是一个盲人给带过来的。这位意大利盲人歌手，在他 12 岁时就双目失明，在此之后，他一边学唱，一边攻读学位。直到他 30 多岁取得法学博士后，他突然意识到自己一辈子最重要的事情就是唱歌了，然后他拜帕瓦罗蒂为师，向大师学习发声方法，直至登上歌坛的顶峰。

我一直在想，究竟是什么力量促使波切利选择歌唱来作为自己的生存方式。从聆听他的歌声中，我丝毫不怀疑，波切利是见过上帝的人。只有见过上帝的人，他的歌声才如此安详、虔诚、平和，才有一种难以言传的安宁和诚服，才有一种澄明的光辉。除此之外，还有一种空前的喜悦，不是狂喜，而是一种平和的喜悦，这种喜悦不是来自外部的、由外部注入的，而是在内心中生长出来的。在这种喜悦的力量中，波切利只要歌唱就足够了，满怀深情地歌唱，不需要思考。在歌唱中波切利就是一架机器，一台上苍制造的完美的发声机器，而他全部美妙的声音来自于上苍，一个完美的影子世界。

盲人是较容易见到上帝的，因为他们不会被这个散发着虚假光晕的表象世界所迷惑。他可以一直反省自己，反观自己，见到自己心灵中的光。那光芒是美丽绚烂无比的。

用心灵传递上帝的声音 ◎安 琪

上帝是公平的，它给予我们每个人的都一样的多。在一个方面有所缺陷的时候，它会用另一个方面来弥补。聋人的视觉是最有力的，盲人的听觉是最敏锐的。

在这篇文章中，作者说听波切利的歌声，就像听到了上帝的声音。他的声音温暖、安详、虔诚、平和，有一种“澄明的光辉”。在歌唱中波切利就像是一架“机器”，“他全部美妙的声音来自于上苍，一个完美的影子世界”。

但究竟是什么才使得他具有如此完美的声音，难道他真正见过上帝？

是的，他是用自己的心灵接近上帝，因为他是盲人，他无法看到这个现实的世界，“不会被这个散发着虚假光晕的表象世界所迷惑”；因为他是盲人，所以他只有倾听，倾听天籁，倾听自己的心灵，在自己的心灵中接近上苍，在反观自己的时候见到美丽绚烂无比的心灵之光。

心灵的声音就是上帝的声音！

时间是无形的，来去无踪，像一条流淌的河水，彻夜不息。但时间的流逝是可以感知的。

Part Seven 朝花夕拾

历史需要总结。只要我们肯敞开心扉，冷静思索，那么，曾经的往事就会带给我们睿智的经验与质朴的真理。

拥有一些美好的事物而不去珍惜，一旦这些美好的东西不再，结果就只剩得一堆泡影在脑海中挥之不去，追之不及悔之不及矣。

紫色木槿花

吴梦川

在我两岁的时候时，母亲生下了一个漂亮的妹妹来给我做伴，她白皮肤、大眼睛、黄头发，长得像个小洋妞，可她一点也不讨人喜欢。

据母亲说，这个孩子非常折磨人：她说她要喝水，你刚给她倒上水，她就说她不渴了，并要你把水倒掉；你在前面走，她在后面哭喊，你回转来拉她，她就倒在地上不起来；她撒起横来，可以滚遍屋里每个角落，是最有效的吸尘拖把；她在深夜拼命哭闹，谁也止不了，所有的人都睡不了觉，而她的眼里一滴眼泪也没有。

奇怪的是，妹妹和我在一起时，不但没有她们说的毛病，还表现得特别勇敢，如果有大孩子欺负我，她就会奋不顾身扑上去，抱住别人就咬。有一次，我们去摘人家的桃子，主人回来看见我们，大吼一声，吓得我们撒开脚丫子就跑，慌乱中我把一只鞋子丢在树下了，可我不敢再回去，就叫妹妹去捡鞋，妹妹二话不说，转回身就往回跑，过了一阵，她呼哧呼哧跑了回来，手里拎着我的那只鞋。我问，他们打你没？妹妹摇头。我又问，他们有没有骂你呢？妹妹又摇头。于是，我穿上鞋就走，走着走着就听见了哭声，我一回头，看见了远远跟在最后面的妹妹，一边哭一边用手揉眼睛，小小的身子一抽一抽的，我忽然觉得她好可怜，觉得对不起她，我比她大，我是姐姐呀。

总之，妹妹的表现是很好的，只是老爱和我争玩具争东西，争不过时，我就威胁她，不和她玩啦，这一招她最怕啦，于是她妥协了，把玩具让给我。后来不知怎么搞的，我就不停地生起病来，病得越来越厉害啦，整天躺在床上，气息奄奄，在那些时候，妹妹还会把她自己的那份好吃的东西喂进我的嘴里，把好玩儿的东西放在我床头，她守在床边，满眼怜悯地看着我，不停地问我疼不疼，什么时候能起来和她出去玩。她后来也很少跟我争过东西，大概就是在那个时候养成的习惯，我知道她没办法，我是她唯一的玩伴，她离不开我，就像影子离不开主人，牛尾巴离不开牛一样，这是她的弱点，并一直被我所利用。

病好后，我的身体依然虚弱，不能疯跑疯玩儿，这时候我忽然变得多愁善感起来，喜欢起花花草草来了。外婆家的门前有唯一的一棵花，叫木槿，从春到夏开一种紫色的花朵，很好看，但那些花朵只能开上一天，就会凋落，很可惜，于是每天早晨，我都跑到树下去数新开出的花朵，并把它们摘下来，以防凋谢，这真是件折磨人的事情，搞得我很累，到后来，我无法坚持再去数那些花朵并摘下它们，只好任其凋落，许多年后我读到李渔的一篇文章，说木槿花是“朝开暮落”的，命很短，真有其事。

穿过木槿花下的竹篱笆，爬上屋后的小山坡，再走过一条羊肠小径，就来到一座坟岗，那儿埋着村里所有的死人。妹妹胆小，从来不敢去那儿。有一次，我把她带到了那个神秘而恐怖的地方，她轻轻迈着步子，大气都不敢出。在一座新坟上，我们看见了半个破碗，里面装着水，我嗅了嗅，不，是酒，这是给地下的死人喝的，鬼们吃的水饭。妹妹忽然哭了起来，断断续续地说，姐，你会不会死？你要是死了，我给你送水饭。我说，要是我变成鬼了，你怕不怕？妹妹愣了一会儿，然后咬着嘴唇，坚定地摇

着头说，不怕，你是我姐，你不会害我。

从小到大，我和妹妹都在一起，最长的一次分离是在我7岁她5岁的那年夏天，妹妹跟着母亲，去远方的父亲那儿探亲，这一走就是几十天。我还没放假，不能同去，这让我难过了好多天，我知道，去父亲那儿是要坐汽车火车的，我没坐过。

妹妹一走，我就蔫了，外婆说我们姐妹俩在一起就吵，离开了就想，还真是，我想死我妹妹了。日子在孤单和无聊中一天天过去，有一天我正在教室里上课，同桌撞了一下我的胳膊肘，指指教室后面的木格窗，我抬头一望，那不是妹妹吗？她坐在木楼梯上，正眼巴巴地透过木窗看我哩，我的心立即变成了一只快乐的小鸟，恨不得马上飞出教室，但我必须等到下课才能出去。

那时刚上课不久，我担心妹妹等不到我下课，就不时地朝窗外望，每次我都望见她还在那儿静静地坐着，连姿势都没变，嘿，我从没见过她这样安静过，我望她一次，她就朝我笑一次，大大的眼睛在秀气的小白脸上扑闪着，她一直都没走开，一直等到我下课。我记得那堂课我们念的是：金沙舞，长沙笑，成昆铁路通车了。我一边大声念着，一边想象妹妹是怎样坐着长龙似的火车回到我的身边来的，下课铃终于响了，我快步走出教室，一出门，就见妹妹正从楼梯上急急地冲下来，跑向我，她穿着一件淡绿的花衣裳，梳两个羊角辫，一边跑，一边笑，一边叫着“姐姐、姐姐”，然后扑进了我的怀里。

然后我们就慢慢长大成人了，长大了的妹妹，眼睛大大的，皮肤白白的，鼻梁挺挺的，头发竟也黑黑的了，她真是个美人！不仅如此，她还温柔善良，善解人意，关心他人，是父母的小棉袄，小时候的磨人劲再也没有了，嘿，真是女大十八变，越变越可爱。我们姐妹俩情投意合，息息相通，相依相伴，度过了寂寞多愁的青春时光，有时候我想，还真得感谢母亲，给我带来了这样一个妹妹，慰我孤独，替我解忧，理解我，包容我，不求回报，我以为我们永远都不再分离，然而，命运还是残酷地捉弄了我们，给妹妹安排了一个最折磨人的结局。

西安有所全国闻名的医院，叫第四军医大附属医院，但它却没能治好我妹妹的白血病，妹妹在那里住了将近一年，受尽折磨，然后病逝。

她活着时，我这个当姐姐的有许多对不起她的地方，却再也没有机会进行弥补改正了。

我想我大概有点老了，看见那些盛开在天地间的美丽花朵，我不再有欣喜，不再有占有的欲望，也不会像小时候那样去攀摘，我总是远远地望着它们，心怀怜惜，目光恍惚。我的门前种着许多木槿花，童年时外婆门前的那种木槿花，在花开时节，每天早晨，门前都铺满了紫色的落花，我从它们面前走过，不再焦虑，不再忧郁，而是平静从容，只是我从不踩踏它们，无论道路有多逼仄，我想我活过半生，已经懂得什么是生命了。

有一天，我从外地出差回来，和6岁的小女儿久别重逢，她急急地向我跑来，一边跑一边笑着叫“妈妈、妈妈”，然后猛地扑进了我怀里，撞得我心疼，那一刻，时光倒流，昔日重现，妹妹又回来了！真的，你信不信，我常常从女儿身上，看到我妹妹的影子，在她熟睡时，在她某个动作表情中，在她的某句话语里。

笔触凄美　用意良苦 ◎ 林丽君

《紫色木槿花》以“紫色”命题，我觉得很好。在我的意识里，紫色天生就是一种惊艳，一种凄美。紫色的木槿花，一天之内开了又谢了，美艳得惊人，短暂得凄凉；花一样美艳的妹妹，从小与我相依相伴的懂事的妹妹，刚刚长成，挣扎着绽放出生命的紫花，就骤然凋谢了，一样美艳得惊人，一样短暂得凄凉。这是偶合吗？不，这是一直埋藏在作者心灵深处的一道凄美的生命印痕，蓄势太急，终于汩汩流出，就成了这篇《紫色木槿花》。

一篇好文章，首先要有一个夺眼的题目，然后再是动人的内容。题目作好了，文章就成了一半。

这篇散文的内容也十分感人。一对从小形影不离的姐妹之间的感情那么真切，但老天却跟她们开了一个很大的玩笑——妹妹得了白血病，与世长辞了。造化喜欢捉弄人，它不喜欢让你永远地幸福或痛苦。对于一个人来说，拥有一些美好的事物而不去珍惜，一旦这些美好的东西不再，结果就只剩得一堆泡影在脑海中挥之不去，追之不及，悔之不及矣。文中“我”的惋惜、悔恨与痛苦正源于此。而这些惋惜、悔恨与痛苦，也正是文章的闪光点之一。

“我”之所以惋惜、悔恨与痛苦，原因在于“妹妹”这个形象的可爱。妹妹从小非常折磨人，不讨“人”喜欢却和“我”投缘。她勇敢地保护我，细心地呵护我，纯真地爱惜我，舍不得我死，舍不得与我分离。特别是我患病卧床的那段日子，妹妹那份与她的年龄远不相称的懂事，那片纯洁无瑕的美丽心灵，更让人心疼。多么美丽多么可爱的一个小姑娘！这个当年的“小洋妞”，就这样活生生地站到了读者的面前，而且“越变越可爱”。读者就这样不知不觉地跟着“我”喜欢上了她，爱上了她。可是，作者似乎存心要将我们引上钩，让这美好的东西占据我们的心田之后，再将它活生生的毁灭给我们看。这么一个可爱的妹妹竟然离去了，而且那么快，那么短暂，我们都还没爱够呢！读者的感情至此已是决堤大江，再无可抑。

妹妹可爱，是因为她身上有一种特质——纯真、美丽、善良。但我们的生活似乎总喜欢演绎着这样的宿命：越是美好的东西，就越短暂。木槿花不美么？它只有一天的生命；妹妹不美么？她只是一道划过我们心灵天空的流星！这一宿命便使文章更加神秘起来，更加凄美起来，成了读者心中的一道凄美无比的生命印痕。

好在作者在最后给我们设计了一个结局：小女儿的身上，映射着“妹妹”的影子。这一结局意味深长——纯真永在，善良永在，美丽永在。

其实，生活就是这样。换一种心态去面对，也许将是另外的一种风景，另外的一种境界。

生活的境界

张蔚生

这是我曾经就读的那所大学流传的一个真实的故事。

在那场黑白颠倒的政治运动中，中文系的一位老教授和音乐系的一位老教授被同时下放到非常偏僻的农场。他们每天的工作都一样，就是铡草。一年以后，那位中文系的老教授不堪生活的重负，含恨离开了人世。而那位音乐系的老教授仍然默默地铡草，劳动之余，还要哼上几支曲子。日复一日，年复一年，6 年的时间一晃就过去了。

音乐系的老教授又回到了当年任教的大学，重操旧业。人们惊讶地发现，6 年时间的苦难生活并没有使他衰老，站在讲台上的他一如当年那样神采奕奕。很多人问他，在农场的那 6 年是怎么熬过来的。他说，每一次铡草都是按照 4/4 拍的节奏来铡的，铡草对他来说就是欣赏音乐。

其实，生活就是这样。换一种心态去面对，也许将是另外的一种风景，另外的一种境界。

掌握命运超越命运 ◎ 邓玮欣

这是一个很平凡的故事，一个简短的故事。但就是在这短短的几百字文章中，却蕴含着一个深刻的人生哲理。由平凡见不平凡，以小见大的写作手法最能打动读者。

文章末尾以一句话总结了这个故事所叙述的道理：其实，生活就是这样。换一种心态去面对，也许将是另外的一种风景，另外的一种境界。

心态决定生活态度。

其实，一个人一生当中所要走的路总是崎岖的，不会一帆风顺，在这一路上，摔倒并不可怕，可怕的是在你摔倒之后不再爬起来，继续往前走。

她是一个不幸的女人，得了重病之后丈夫离她而去，她曾有过去死的念头，但从生活中慢慢地发现，生活就像一面镜子，你用什么面貌对它，它就以什么面貌对你。她要活出一个美丽的自我，活出一个不同寻常的自我。她以坚定不移的信念，终于抵住了死神的魔爪，逃脱了爱和恨的漩涡。自卑曾使她忘却了自我，使她陷入了由于自己的软弱而设置的陷阱里，看不到解救自己的人其实就是——她自己。

世界也是这样，如果你背对着整个世界，整个世界也会背对着你。命运是不可改变的，改变的只是我们对命运的态度。然而，只要我们能够以恰当的态度对待命运，命运也就不是那么可怕的。

一束束象征着可爱、坚强而完美的栀子花，凝聚了母亲所有的爱与牵挂。

一束白色的栀子花

王　莹

一束束承载了真爱的栀子花，伴我走过了脆弱的青春……

从我过了12岁以后的每一个生日里，总会有一支白色的栀子花被送到我的家里。上面既没有一张卡片也没有便条，我无法断定究竟是谁认为我的生日需要这种不寻常的方式来纪念。打电话去问花店也是徒劳，因为他们告诉我花是用现金支付的，没有什么记录。后来，我也不极力要找出送花的人了，我只是沉浸在这神奇美丽的白色栀子花所发出的醉人的花香中，它总是用粉红色的软纸精心地扎着。

虽然我已不去找送花人是谁，但我却从来没有停止过对"他"的想象。事实上在"白日梦"里构想着"他"几乎是我年少时最幸福的时光。我在想"他"肯定是个又好又有趣的人，不是因为害羞就是因为古怪而不肯暴露他的身份。我妈妈总是帮助我构想关于这神秘花束的答案。她让我想想是不是我曾经帮了什么人的忙，以至于别人便以这种神秘方式来表示他的感谢。这让我想起当我骑自行车在外面玩耍时，邻居家人开车回来，车上又是杂物又是孩子，我总是帮他卸货看着小孩儿不让他们跑到街上去；或者是那一次我帮一个正要过街的老人取回他的邮件，以免他滑倒在冬天结冰的路面上。当然这些小小的好事都是妈妈鼓励我们做的，但在我当时的想象中也只有认为也许是他们想让我感到特殊的回报。我必须承认，在我大一些的时候，想象送花人可能是个男孩儿是件有趣的事。“也许我们曾经偶遇，也许是他注意到我，而我根本就不认识他。”

当我 17 岁那年，一个男孩儿伤了我的心。分手的那天晚上，我哭着睡着了，感受到了一个少女所能感受到的最大悲痛。早上我醒来的时候，看见镜子上用口红写了一行字：“要知道，当上帝的替身走了的时候，真正的上帝就来了。”我想了好久这句从爱默生文章中引用的话，并将字一直留在那里，直到我幼小心灵的创伤渐渐愈合。当我最后擦去那行字时，妈妈知道一切都恢复正常了。妈妈既爱我们又尊重我们的感情，虽然那只是典型的小孩子的故事，她却并不忽视我们的经历，也不看轻我感情上的伤害与混乱。她让我自己从悲伤中走出来，只是给我一个希望的暗示。记得那时我曾经“砰”地关上我的房门，冲她生气地喊道：“你不会理解我的！”事实上妈妈才是真正理解我的人。

我的爸爸是个医生，作为医生的孩子，我们从来没有大的伤口、青肿和皮肤的划伤，有时我们有小小的裂口、血肿的时候，妈妈总是亲吻痛处，很快就好了。

但是也有一些伤害是妈妈不能治愈的，虽然她已经努力了。在我高中毕业的一个月前，爸爸因心脏病去世了，对我来说一切都变了。我的感情历经从单纯的悲痛到自暴自弃，再到恐惧和对一切不信任，并且由于爸爸的早逝，几乎让我错过了一生最重要的时刻。我对于即将到来的毕业典礼、班里的话剧表演和舞会都完全不感兴趣，而这些都是我曾经热切盼望的。我甚至不想去上大学了，感到待在家里才比较安全。

妈妈在她自己最悲痛的时刻，也不愿听到我错过这些事中的任何一件，特别是上大学。她一直认为这对一个人的独立相当重要。但那时由于爸爸的去世，使我感到这些对我既没有意义也不能带来欢乐。

在爸爸去世前，我和妈妈曾经去买一件我舞会上穿的裙子，我们发现了绝妙的一件，它是用红、白、蓝三色的瑞士产的细薄洋纱制成的，我穿上去就像“乱世佳人”中的赫思佳。但当时没有合适的尺寸，只好抱憾而归。显然，父亲去世后，我将这件裙子的事全忘了。

但是妈妈却没有忘，舞会前一天晚上，我回到家里看见沙发上搭着这条裙子，并且尺寸是合适的。它已经从漂亮的盒子里拿出来，那样美丽，那样耀眼地呈现在我面前。当我已不在意有没有一条新裙子的时候，妈妈却还那样在意！并且她知道我穿上这特别的裙子的感受。

妈妈就是这样一种女人，她十分重视孩子的自我意识。她鼓励我们做好事，还让我们记住帮助了别人而带来的欢乐；在我伤心的时候，她从不让我们为自己的感情而感到愚蠢，她只是给我们提供了一个可以依赖的小小的窗户，当我们愿意时就可以打开它。她希望她的孩子们不仅感到被爱，而且认为自己是可爱的，充满想象，富于创造。她还向我们传输一种感觉，那就是世界上真的有神奇和魔力，在不幸的面前也会有美好的事发生。

总之，妈妈就是希望她的孩子都认为自己像一朵栀子花那样可爱、坚强而完美，并且笼罩在神秘的光环中。所以，对我来说，栀子花的香味永远是那样浓郁。

在我结婚后 10 天的 1976 年 6 月 21 日，妈妈去世了。那一年我 22 岁。也就是从那一年起，我的生日里，不再有匿名的栀子花送来。

栀子花香　母爱浓郁 ◎ 石柳施

一束束象征着可爱、坚强而完美的栀子花，凝聚了母亲所有的爱与牵挂。

这篇文章并没有一开始就直接去写母亲的无私与伟大，而是向读者打下暗语：从 12 岁起，每次生日都会收到一束匿名的栀子花。这栀子花究竟是谁送的？有必要用这种方式吗？而女孩的妈妈总是帮助女孩去构想关于这神秘花束的答案。女孩沉浸在这美丽的白色栀子花所发出的醉人的花香中，她是幸福的。

在第四段中，写女孩猜测送神秘花的人物的同时，从侧面说出妈妈教导、鼓励女孩热心地去帮助需要帮助的人。在第五段中，即女孩 17 岁那年和一个伤了她的心的男孩儿分手了，从悲伤到慢慢恢复情绪过程中，有句话一直陪伴着她“要知道，当上帝的替身走了的时候，真正的上帝就来了”，不难看出这句话是妈妈写的，正面说出妈妈尊重、理解女孩的感情。而再看 6 到 10 段，叙述、插叙以及细节描写并用，烘托了妈妈对女儿的在乎和关怀，例如这句：“当我已不在意有没有一条新裙子的时候，妈妈却还那样的在意！”这种无微不至的母爱，越在细腻之处越显得浓香诱人。

最后两段——真相大白。一直为女孩送栀子花的神秘人，作者还是没有直接去写出，但每个人都知道，这神秘人是——妈妈。这种铺下悬念而又让读者自己去解读的手法的确是妙！

还有，这篇文章巧妙地用了第一人称“我”，使读者读起来既可以感受到作者真实的情感流露又易打动读者。语言平淡、朴素却可“一击即中”读者的心，催人泪下。

因为有“明天”的希望、“昨天”的记忆和“今天”的创造，所以我们的生活是如此丰富，如此值得我们珍惜，我们可以如此的去感知生命！

日　历

冯骥才

我喜欢用日历，不用月历。为什么？

厚厚一本日历是整整一年的日子。每扯下一页，它新的一页——光亮而开阔的一天便笑嘻嘻地等着我去填满。我喜欢日历每一页后边的“明天”的未知，还隐含着一种希望。“明天”乃是人生中最富魅力的字眼儿。生命的定义就是拥有明天。它不像“未来”那么过于遥远与空洞。它就守候在门外。走出了今天便进入了全新的明天。白天和黑夜的界线是灯光；明天与今天的界线还是灯光。每一个明天都是从灯光熄灭时开始的。那么明天会怎样呢？当然，多半还要看你自己的。你快乐它就是快乐的一天，你无聊它就是无聊的一天，你匆忙它就是匆忙的一天。如果你静下心来就会发现，你不能改变昨天，但你可以决定明天。有时看起来你很被动，你被生活所选择，其实你也在选择生活，是不是？

每年元月元日，我都把一本新日历挂在墙上。随手一翻，光溜溜的纸页花花绿绿滑过手心，散着油墨的芬芳。这一刹那我心头十分快活。我居然有这么大把大把的日子！我可以做多少事情！前边的日子就像一个个空间，生

机勃勃，宽阔无边，迎面而来。我发现时间也是一种空间。历史不是一种空间吗？人的一生不是一个漫长又巨大的空间吗？一个个“明天”，不就像是一间间空屋子吗？那就要看你把什么东西搬进来。可是，时间的空间是无形的，触摸不到的。凡是使用过的日子，立即就会消失，抓也抓不住，而且了无痕迹。也许正是这样，我们便会感受到岁月的匆匆与虚无。

有一次，一位很著名的表演艺术家对我讲她和她丈夫的一件事。她唱戏，丈夫拉弦。他们很敬业。天天忙着上妆上台，下台下妆，谁也顾不上认真看对方一眼，几十年就这样过去了。一天老伴忽然惊讶地对她说：“哎哟，你怎么老了呢！你什么时候老的呀？我一直都在你身边怎么也没发现哪！”她受不了老伴脸上那种伤感的神情。她就去做了美容，除了皱，还除去眼袋。但老伴一看，竟然流下泪来。时针是从来不会逆转的。倒行逆施的只有人类自己的社会与历史。于是，光阴岁月，就像一阵阵呼呼的风或是闪闪烁烁的流光；它最终留给你的只有无奈而频生的白发和消耗中日见衰弱的身躯。为此，你每扯去一页用过的日历时，是不是觉得有点儿像扯掉一个生命的页码？

我不能天天都从容地扯下一页。特别是忙碌起来，或者从什么地方开会、活动、考察、访问归来，看见几页或十几页过往的日子挂在那里，黯淡、沉寂和没用；被时间掀过的日历好似废纸。可是当我把这一沓用过的日子扯下来，往往不忍丢掉，而把它们塞在书架的缝隙或夹在画册中间。就像从地上拾起的落叶。它们是我生命的落叶！

别忘了，我们的每一天都曾经生活在这一页一页的日历上。

记得 1976 年唐山大地震那天，我住的长沙路思治里 12 号那个顶层上的亭子瞬间被彻底摇散，震毁。我一家三口像老鼠那样找一个洞爬了出来。当我的双腿血淋淋地站在洞外，那感觉真像从死神的指缝里侥幸地逃脱出来。转过两天，我向朋友借了一架方形铁盒子般的海鸥牌相机，爬上我那座狼咬狗啃废墟般的破楼，钻进我的房间——实际上已经没有屋顶。我将自己命运所遭遇的惨状拍摄下来。我要记下这一切。我清楚地知道这是我个人独有的经历。这时，突然发现一堵残墙上居然还挂着日历——那蒙满灰土的日历的日子正是地震那一天：1976 年 7 月 28 日，星期三，丙辰年七月初二。我伸手把它小心地扯下来。如今，它和我当时拍下的照片，已经成了我个人生命史刻骨铭心的珍藏了。

由此，我懂得了日历的意义。它原是我们生命忠实的记录。从“隐形写作”的含义上说，日历是一本日记。它无形地记载我每一天遭遇的、面临的、经受的，以及我本人应对与所作所为，还有改变我的和被我改变的。

然而人生的大部分日子是重复的——重复的工作与人际，重复的事物与相同的事物都很难被记忆。所以我们的日历大多页码都是黯淡无光。过后想起来，好似空洞无物。于是，我们就碰到一个非常重要的关于人的话题——记忆。人因为记忆而厚重、智慧和变得理智。更重要的是，记忆使人变得独特。因为记忆排斥平庸。记忆的事物都是纯粹而深刻个人化的。所有个人都是一个独特的“个案”。记忆很像艺术家，潜在心中，专事刻画我们自己的独特性。你是否把自己这个“独特”看得很重要？广义地说，精神事物的真正价值正是它的独特性。无论是一个人，还是一种文化。记忆依靠载体。一个城市的记忆留在它历史的街区与建筑上，一个人的记忆在他的照片上、物品里、老歌老曲中，也在日历上。

然而，人不能只是被动地被记忆，我们还要用行为去创造记忆。我们要用情感、忠诚、爱情、责任感以及创造性的劳动去书写每一天的日历。把这一天深深嵌入记忆里。我们不是有能力使自己的人生丰富、充实以及具有深度和分量吗？

所以我写过：

“生活就是创造每一天。”

我还在一次艺术家的聚会中说：“我们今天为之努力的，都是为了明天的回忆。”

为此，每每到了一年最后的几天，我都是不肯再去扯日历。我总把这最后几页保存下来。这可能出于生命的本能。我不愿意把日子花得精光。你一定会笑我，并问我这样就能保存住日子吗？我便把自己在今年日历的最后一页上写的四句诗拿给你看：

岁月何其速，
哎呀又一年，
花叶全无迹，
存世唯诗篇。

正像保存葡萄最好的方式是把葡萄变为酒；保存岁月最好的方式是致力把岁月变为永存的诗篇或画卷。

现在我来回答文章开始时那个问题：为什么我喜欢日历？因为日历具有生命感。或者说日历叫我随时感知自己的生命并叫我思考如何珍惜它。

关于时间 ◎海　子

时间是人类生活的一个永恒主题。古今中外，许多人都留下了关于时间的篇章，劝谕人们珍惜时间，珍惜光阴，珍惜有限的生命。冯骥才的这篇《日历》以一种不同的方式写时间，给人们留下了对时间的思考。

时间是无形的，来去无踪，像一条流淌的河水，彻夜不息。但时间的流逝是可以感知的。作者通过日历这一有形的东西来描写时间这种无形的概念，从而提出了两层意思。

一是关于“明天”。明朝文嘉曾有一首《明日歌》：“明日复明日，明日何其多。我生待明日，万事成蹉跎。世人苦被明日累，春去秋来老将至。

朝看水东流，暮看西日坠。百年明日能几何，请君听我明日歌。”他告诫人们不要等待明日，而是要抓紧今天。但这篇文章却反其道而行之，作者认为“明天”的未知中隐含着希望，“生命的定义就是拥有明天”，因为“你不能改变昨天，但你可以决定明天”。作者用形象的比喻，将一个个的“明天”比喻成一间空屋子，如何规划明天、度过明天，就好像如何填满这间空屋子一样。

二是关于“昨天”。昨天是用一个个的“今天”构成的。我们生活在今天，我们今天的现状其实是我们昨日的积累。当我们看到自己频生的白发和逐渐衰老的身躯时，我们才发现一个个的“今天”已经逐渐远去。当我们扯去用过的一页日历时，就像“扯掉一个生命的页码”。因为有了明日，我们有了希望；因为有了昨日，我们就有了记忆。“人因为记忆而厚重、智慧和变得理智。更重要的是，记忆使人变得独特。”而记忆不是被动的，它的真实含义是“创造每一天”。

因为有“明天”的希望、“昨天”的记忆和“今天”的创造，所以我们的生活是如此丰富，如此值得我们珍惜，我们可以如此的去感知生命！

我喜欢另一种花，是绽开在人们的笑颊上的。

我喜欢

(台湾)张晓风

我喜欢冬天的阳光，在迷茫的晨雾中展开。我喜欢那份宁静淡泊，我

喜欢那没有喧哗的光和热。

我喜欢在春风中踏过窄窄的山径，草莓像个精致的灯笼，一路殷勤地张结着，我喜欢抬头看树梢尖尖的小芽儿，极嫩的黄绿色里透出一派天真的粉红。

我喜欢夏日的永昼，我喜欢在多风的黄昏独坐在傍山的阳台上。小山谷里稻浪推涌，美好的稻香翻腾着。慢慢地，绚丽的云霞被浣净了，柔和的晚星一一就位。

我喜欢看秋风里满山的芒。在山坡上，在水边上，白得那样凄凉，美而孤独。

我也喜欢梦，喜欢梦里奇异的享受。我总是梦见自己能飞，能跃过山丘和小河。我梦见棕色的骏马，发亮的鬈毛在风中飞扬。我梦见荷花海，完全没有边际，远远炫耀着模糊的香红。最难忘那次梦见在一座紫色的山峦前看日出——它原来必定不是紫色的，只是翠岚映着初升的红日，遂在梦中幻出那样奇特的山景。在现实生活里，我同样喜欢山。我喜欢看一块块平平整整、油油亮亮的秧田。那细小的禾苗密密地排在一起，好像一张多绒的毯子，总是激发我想在上面躺一躺的欲望。

我还喜欢花，不管是哪一种，我喜欢清瘦的秋菊，浓郁的玫瑰，孤洁的百合，以及幽闭的素馨。我也喜欢开在深山里不知名的小野花。我十分相信上帝在造万花的时候，赋给它们同样的尊荣。

我喜欢另一种花儿，是绽开在人们的笑颊上的。当寒冷的早晨我走在巷子里，对门那位清癯的太太笑着说："早！"我就忽然觉得世界是这样的亲切，我缩在皮手套里的指头不再感觉到僵。到了车站开始等车的时候，我喜欢看见短发齐耳的中学生。我喜欢她们美好宽阔又明净的额头，以及活泼清澈的眼神。

我喜欢读信。我喜欢弟弟妹妹的信，那些幼稚淳朴的句子，总使我在泪光中重新看见南方那燃遍凤凰花的小城。最不能忘记那年夏天，他从最高的山为我寄来一片蕨类植物的叶子。在那样酷暑的气候中，我忽然感到甜蜜而又沁人的清凉。

我特别喜欢读者的来信。每捧读这些信件，总让我觉得一种特殊的激动。在这世上，也许有我无法看见的一些东西。

我还喜欢看书，特别是在晚上。在书籍里面，我不能自抑地喜爱那些泛黄的线装书，握着它就觉得握着一脉优美的传统，那涩暗的纸面蕴含着一种古典的美。历史的光芒，人物的迭代本是这样虚幻，唯有书中的智慧永远长存。

我喜欢朋友，喜欢在出其不意的时候去拜访他们，尤其喜欢在雨中去叩湿湿的大门。当她连跑带跳地来迎接我，雨后的阳光就似乎忽然炽燃起来。

我也喜欢坐在窗前等他回家，虽然走过我家门的行人那样多，我总能分辨出他的足音。如果有一个脚步声，一入巷子就开始跑，而且听起来是沉重急速的大阔步，那就准是他回来了，我喜欢他把钥匙放进门锁的声音，我喜欢听他一进门就喘着气喊我的名字。

我喜欢松散而闲适的生活，我不喜欢精密地分配时间，不喜欢紧张地安排。我喜欢许多不适用的东西，我喜欢旧东西，喜欢翻旧照片。我喜欢美丽的小装饰品，像耳环、项链和胸针。我喜欢充足的沉思时间。我喜欢晚饭后坐在客厅里的时分，我喜欢听一些协奏曲，一面捧着细瓷的小茶壶暖手。当此之时，我就恍惚能够想象一些田园生活的悠闲。

我也喜欢和他并排骑着自行车，于星期天在黎明的道上一起赴教堂。朝阳的金波向两旁溅开，我遂觉得那不是一辆脚踏车，而是一艘乘风破浪的飞艇在滑行。

我喜欢活着，而且深深地喜欢在我心里充满着这样多的喜欢！

生活是诗　人生如歌

◎ 符武卫

《我喜欢》是一篇非常优美的散文，作者用极其流畅的语言，展示了一幅幅自然与人生的图画，热情地唱出了青春与爱情的赞歌，让人读罢意犹未尽，流连忘返。可见作者对生活的认知感触良多！从冬、春、夏、秋到梦、花、书、信，在作者看来，全都美得像诗一样。给人似而不是的蒙胧“人在画中游”的意蕴，充满想象，像夏日里能饮上一杯香茗的芳香，心神驰骋！而最令人心动又令人深深感触的是，黄昏时那“足音”，给人以家的感觉，温馨、安逸、幸福，充满遐想！“朝阳的金波向两旁溅开，我遂觉得那不是一辆脚踏车，而是一艘乘风破浪的飞艇在滑行。”这一句让你体味到十分积极的人生态度，可见作者惜墨如金、点到即止的风格。文中的“我喜欢清瘦的秋菊，浓郁的玫瑰，孤洁的百合，以及幽闭的素馨”，可说是岁月的赠言。还有，“对门那位清癯的太太笑着说：‘早！’我就忽然觉得世界是这样的亲切，我缩在皮手套里的指头不再感觉到僵。”确实如此，哪怕是一个陌路人跟我们打一声简单的招呼，那种感觉，是足可以把你心中密布的乌云驱开的。其实，生活中的每一点每一滴，你都可以换另一种眼光去看待，因为谁也说不定其最终会是美是丑是善是恶！所以，我们对身边的人、事物，应心存关切，哪怕只是一个热切的眼光，也可能改变一个世界。

关注生活、热爱生活，用心感受生活的美，是我们应该持有的态度。我们正应该像作者在文末所说的那样：“我喜欢活着，而且深深地喜欢在我心中充满着这样的喜欢！”

又或许，让生活中有诗，这才算真正地活过吧。

Part Eight

人与自然

任何与我们审美相关的东西都必须和谐。和谐即是美，与动物和谐，与植物和谐，与大自然和谐。

明知是走向尽头，但赤子之心不灭，一股英雄气概油然而生。

落　叶

柏滨丰

起初，是不经意的一片，两片。

接着，是一下子的七片，八片。

最后，是整个秋天忽悠忽悠地这么飘落下来。

“山山黄叶飞”。

那该是一种怎样壮观而疼痛的景象——漫山遍野飘动的，是曾经生机勃勃的青春。而现在，它们却无可奈何，遵循着时间不可抗拒的方向，悄然沉默于泥土之上。

从枝头到地面，每一片叶子都不肯轻易放弃栖息之地，经历了千旋百转的挣扎，但终究摆脱不了地心的羁绊，凄美地拂向生命的终端。

落寞的林间小道，从来没有积满落叶之后的这般灿烂。一眼望去，视觉竟然顿时蜕去了秋季的寒意，目光在一寸一寸变得温暖起来。

踩在落叶之上，沙沙的声响令耳膜兴奋不已——这就是秋天的声音，干净而松脆。鞋底的土地似乎丧失了铁石心肠的严肃，变得格外温柔体贴。

是的，我正走在秋季，我从一片叶的身体上，看见了秋天清爽的脉络。

树疲惫孤立了。

没有了叶片的树单薄得令人同情。它们会用怎样的眼神,俯瞰脚边奄奄一息的曾经的青丝?

落叶终于回归土壤,回到了它来的地方。一种生命的结束会成为对另外一些生命的呵护。这些残枝败叶将自己凋零的绿色,默默埋在来年的叶脉之间。

枝干被深蓝色的天空越抓越高,云淡风轻的季节让生命变得成熟无比。

而这些飘飞的落叶,正将秋意层层加深……

托物寄情　情结深深

◎ 王家顿

西风紧、黄花地,于是我被吸进寂寥的秋天。

叶子,既是春天的信使,又是秋天的脚步。"一叶落而知天下秋。""一片、两片",寥寥几笔,已是毫无疑义地宣明初秋来了。来得自然,来得无声。如果把"一片、两片"改为"一些、一撮",则说明落叶早已脱落,何为初秋?可见量词用得精练有力,诗意隽永。同时也表达作者对落叶的感情至真,因为只有知细晓详,才能体现出如此丰富细腻的感情,才能把对落叶的惋惜之情抒发得淋漓尽致。秋天的脚步姗姗而来,"七片、八片"最后"山山黄叶飞",虽则三言两语,但秋天来的整个过程已是一目了然,可谓言简意赅。

站在这"橘子洲头",如何"看万山红遍"?如何面对着这从"莺飞草长"到"无边落木"的巨大时空差异?作者无限感慨,"万里悲愁常做客"啊!物转星移,沧海桑田,每一个人都想永恒,但谁也奈何不了岁月的流逝。然而,他们毕竟美丽过,灿烂过,正如叶子一样,曾有过充实而亮丽的生命,"每一片叶子都不肯轻易放弃栖息之地",纵是"千旋百转",也毫不迟疑,一股英雄气概油然而生。明知是走向尽头,但赤子之心不灭,秋风为之而歌。

一个脚步踏上去，把人文景观渗透，落叶亦富有灵性气息。秋，天高气爽，此时良辰佳景，落叶更是万种风情，于是不由得“清爽”起来。

枝、叶，一脉相连，如何忍心树的暗褐干裂，自己了无牵挂安去？毕竟血浓于水！“落叶不是无情物，化作春泥更护花”，它们承前启后，进行着生命的接力赛。它们认识到，不朽的并不是自己曾经的青春与绿叶，而是生命的奉献和繁衍，孕育在“来年的叶脉之间”。

野旷天低树，把浩瀚的天空作为树的背景，把树的生命升华，与天比翼，如巨人凌空，作者的灵魂早已出壳，骋游于天地之外。把自己埋于暗湿大地，深情藏沃土，这又是落叶何等的付出！一曲悠悠的生命赞歌就此谱就。

此文结构清晰、明朗，富有诗意，行文外华而内实，蕴含深厚隽永，给人轻松、飘逸之感。

信赖往往创造出美好的世界。

珍珠鸟

冯骥才

真好，朋友送我一对珍珠鸟。放在一个简易的竹条编成的笼子里，笼内还有一卷干草，那是小鸟舒适又温暖的巢。

有人说，这是一种怕人的鸟。

我把它挂在窗前，那儿还有一盆异常茂盛的法国吊兰。我便用吊兰长长的、串生着小绿叶的垂蔓蒙盖在鸟笼上，它们就像躲进深幽的丛林一样安全；从中传出笛儿般又细又亮的叫声，也就格外轻松自在了。

阳光从窗外射入，透过这里，吊兰那些无数指甲状的小叶，一半成了黑影，一半被照透，如同碧玉；斑斑驳驳，生意葱茏。小鸟的影子就在这中间隐约闪动，看不完整，有时连笼子也看不见，却见它们可爱的鲜红小嘴儿从绿叶中伸出来。

我很少扒开叶蔓瞧它们，它们便渐渐敢伸出小脑袋瞅瞅我。我们就这样一点点地熟悉了。

三个月后，那一团愈发繁茂的绿蔓里边，发出一种尖细又娇嫩的鸣叫，我猜到，是它们有了雏儿。我呢？我绝不掀开叶片往里看，连添食加水时也不睁大眼去惊动它们。过不多久，忽然有一个小脑袋从叶间探出来。更小哟，雏儿，正是这个小家伙！

它小，就能轻易地由疏格的笼子钻出身。瞧，多么像它的母亲：红嘴红脚，灰蓝色的毛，只有后背还没有生出珍珠似的圆圆的白点；它好肥，整个身子好像一个蓬松的球儿。

起先，这小家伙只在笼子四周活动，随后就在屋里飞来飞去，一会儿落在柜顶上，一会儿神气十足地站在书架上，啄着书背上那些大文豪的名字；一会儿把灯绳撞得来回摇动，跟着跳到画框上去了。只要大鸟在笼里生气地叫一声，它立即飞回笼里去。

我不管它。这样久了，打开窗子，它最多只在窗框上站一会儿，绝不飞出去。

渐渐它胆子大了，就落在我书桌上。

它先是离我较远，见我不伤害它，便一点点挨近，然后蹦到我的杯子上，俯下头来喝茶，再偏过脸瞧瞧我的反应。我只是微微一笑，依旧写东西，它就放大胆子跑到稿纸上，绕着我的笔尖蹦来蹦去；跳动的小红爪子在纸上发出嚓嚓响。

我不动声色地写，默默享受着这个小家伙亲近的情意。这样，它完全

放心了。索性用那涂了蜡似的、角质的小红嘴，“嗒嗒”啄着我颤动的笔尖。我用手抚一抚它细腻的绒毛，它也不怕，反而友好地啄两下我的手指。

白天，它这样淘气地陪伴我；天色入暮，它就在父母的再三呼唤中，飞向笼子，扭动滚圆的身子，挤开那些绿叶钻进去。

有一天，我伏案写作时，它居然落到我肩上。我手中的笔不觉停了，生怕惊跑它。待一会儿，扭头看，这小家伙竟趴在我的肩头睡着了，银灰色的眼睑盖住眸子，小红脚刚好给胸脯上长长的绒毛盖住。我轻轻抬一抬肩，它没醒，睡得好熟！还呷呷嘴，难道在做梦？

我笔尖一动，流泻下一时的感受：

信赖，往往创造出美好的境界。

语言灵动　笔触细腻　◎ 陈素萍

冯老不愧是语言大师，他的《珍珠鸟》写得鲜活灵动，生机盎然，读后只觉一阵充满活力的气息扑面而来。

这种艺术效果不是偶然捡到的，是冯老匠心独运的结果。我们先看他对鸟儿声音的描写：写大鸟，用“又细又亮”来表现它们的轻松自在；写雏儿，是“尖细又娇嫩”的鸣叫。两种描写，具体入微，却很贴切。这是语言功力的初步显露。

再看他写雏儿的行动：先是“一个小脑袋从叶间探出来”，一个“探”字，就把这小家伙的顽皮与可爱表现出来了；然后“那好像一个蓬松的球儿”似的身子就在屋里飞来飞去，一会儿装模作样，“神气十足地站在书架上”，一会儿调皮地跟那些稳重威严的大文豪开着玩笑，“啄着书背上那些大文豪的名字”；一会儿又捣乱，“把灯绳撞得来回摇动”，跟着“跳到画框上去了”，这只淘气鬼！但它却很乖，“只要大鸟在笼里生气地叫一声，它立即飞回笼里去”，就更显可爱了。有时，它“蹦到我的杯子上”俯头喝茶，再“偏过脸瞧瞧我的反应”，见我不火，它就“放大胆子跑到稿纸上，绕着我的笔尖蹦来蹦去”，弄出可爱的“嚓嚓”响声，这只惹人怜爱的生命精灵哪！后来它甚至与“我”亲近到啄我的笔尖和手指，就跟多年的老朋友似的。至此，一种和谐自然的境界已经呼之欲出。而完成这一境界的最后一笔是它跑到我肩上睡觉的那一段描写：“银灰色的眼睑盖住眸子，小红脚刚好给胸脯上长长的绒毛盖住。我轻轻抬一抬肩，它没醒，睡得好熟！还呷呷嘴……”几个动词，几句描写，一只可爱的小生灵就这样跃然纸上，活生生鲜嫩嫩的直叫人爱。人与鸟和谐相处共构而成的这种愉悦的氛围，真是令人拍案叫绝！正是作者语言的灵动，描写的细腻，才给我们建构出这样一个美妙无比的境界。

作者还善于不时穿插自身的感受来推波助澜：初见雏儿，他用“更小哟，雏儿，正是这个小家伙！”来表达他的惊喜；仔细一看，他就用那种人们常当着父母的面夸奖小孩子的语气：“瞧，多么像它的母亲：红嘴红脚，灰蓝色的毛，只有后背还没有生出珍珠似的圆圆的白点；它好肥，整个身子好像一个蓬松的球儿。”怜爱之情自然流淌；他称雏儿为“小家伙”，说它“淘气”，说雏儿跟他亲近是他的一种“享受”，都流露出对雏儿的疼爱与怜惜之情；最后一笔更妙，写雏儿在他肩上睡着了的神态，作者适时地用了一句“难道在做梦？”，明明是欣慰和怜惜，却故意用茫然不解的疑惑语调，显得自然而灵气十足，那氛围的和谐便得到淋漓尽致的凸现。就这样，作者通过抒写自己的感受，扣引着读者的情怀，他一惊一乍，你便一起一伏，读者的阅读激情便在当中得到了调动，阅读愉悦感自然产生。

语言表达的最高境界，就是能调动和控制读者的情感，使文章能引起读者的强烈共鸣。冯老驾驭语言的功力，确实令人钦佩。

江南冬景，温情，柔和，亲切而富有生气，如歌如画，味道隽永，加上作者的妙笔，就成了一曲酣畅有致的江南小调了。

江南的冬景

郁达夫

凡在北国过过冬天的人，大都知道围炉煮茗，或吃涮羊肉，剥花生米，饮白干的滋味。而有地炉，暖炕等设备的人家，不管它门外面是雪深几尺，或风大若雷，躲在屋里的两三个月的生活，却是一年之中最有劲的一段蛰居异境；老年人不必说，就是顶喜欢活动的小孩子们，也总是个个在怀恋的，因为这中间，有的是萝卜、雅儿梨等水果的闲食，还有大年夜、正月初一、元宵等热闹的节期。

但在江南，可又不同；冬至过后，大江以南的树叶，也不至于脱尽。寒风——西北风——间或吹来，至多也不过冷了一日两日。到得灰云扫尽，落叶满街，晨霜白得像黑女脸上的脂粉似的清早，太阳一上屋檐，鸟雀便又在吱叫，泥地里便又放出水蒸气来，老翁小孩儿就又可以上门前的隙地里去坐着曝背谈天，营屋外的生涯了；这一种江南的冬景，岂不也可爱得很吗？

我生长在江南，儿时所受的江南冬日的印象，铭刻特深；虽则渐入中年，又爱上了晚秋，以为秋天正是读读书、写写字的人的最惠节季，但对于江南的冬景，总觉得有可以抵得过北方夏夜的一种特殊情调，说得摩登些，便是一种明朗的情调。

我也曾到过闽粤，在那里过冬天，和暖原极和暖，有时候到了阴历的年边，说不定还不得不拿出纱衫来穿；走过野人的篱落，更还看得见许多杂七杂八的秋花！一番阵雨雷鸣过后，凉冷一点；至多也只好换上一件夹衣，在闽粤之间，皮袍棉袄是绝对用不着的；这一种极南的气候异状，并不是我所说的江南的冬景，只能叫它作南国的长春，是春或秋的延长。

江南的地质丰腴而润泽，所以含得住热气，养得住植物；因而长江一带，芦花可以到冬至而不败，红时亦有时候会保持得三个月以上的生命。像钱塘江两岸的乌桕树，红叶落后，还有雪白的桕子着在枝头，一点一丛，用照相机照将出来，可以乱梅花之真。草色顶多成了赭（zhě，红褐色）色，根边总带点绿意，非但野火烧不尽，就是寒风也吹不倒的。若遇到风和日暖的午后，你一个人肯上冬郊去走走，则青天碧落之下，你不但感不到岁尽时的肃杀，并且还可以饱觉着一种莫名其妙的含蓄在那里的生气；“若是冬天来了，春天也总马上会来”的诗人的名句，只有在江南的山野里，最容易体会得出。

说起了寒郊的散步，实在是江南的冬日，所给予江南居住者的一种特异的恩惠；在北方的冰天雪地里生长的人，是终他的一生，也绝不会有享受这一种清福的机会的。我不知道德国的冬天，比起我们江浙来如何，但从许多作家的喜欢以 Spaziergang 一字做他们的创造题目看来，大约是德国南部地方四季的变迁，总也和我们的江南差别不多。譬如说 19 世纪的那位乡土诗人洛在格（Peter Rosegger 1843—1918）罢，他用这一个“散步”做题目的文章尤其写得多，而所写的情形，却又是大半可以拿到中国江浙的山区地方来适用的。

江南河港交流，且又地濒大海，湖沼特多，故空气里时含水分；到得冬天，不时也会下着微雨，而这微雨寒村里的冬霖景象，又是一种说不出的悠闲境界。你试想想，秋收过后，河流边三五家人家会聚在一个小村子里，门对长桥，窗临远阜，这中间又多是树枝槎丫的杂木树林；在这一幅

冬日农村的图上，再撒上一层细得同粉也似的白雨，加上一层淡得几不成墨的背景，你说还够不够悠闲？若再要点景致进去，则门前可以泊一只乌篷小船，茅屋里可以添几个喧哗的酒客，天垂暮了，还可以加一味红黄，在茅屋窗中画上一圈暗示着灯光的月晕。人到了这一个境界，自然会胸襟洒脱起来，终至于得失俱亡，死生不同了；我们总该还记得唐朝那位诗人做的“暮雨潇潇江上树”的一首绝句罢？诗人到此，连对绿林豪客都客气起来了，这不是江南冬景的迷人又是什么？

一提到雨，也就必然地要想到雪：“晚来天欲雪，能饮一杯无？”自然是江南日暮的雪景；“寒沙梅影路，微雪酒香村”，则雪月梅的冬宵三友，会合在一道，在调戏酒姑娘了；“柴门闻犬吠，风雪夜归人”，是江南雪夜，更深人静后的景况。“前树深雪里，昨夜一枝开”又到了第二天的早晨，和狗一样喜欢弄雪的村童来报告村景了。诗人的诗句，也许不尽是在江南所写，而做这几句诗的诗人，也许不尽是江南人，但假了这几句诗来描写江南的雪景，岂不直截了当，比我这一枝愚劣的笔所写的散文更美丽得多？

有几年，在江南也许会没有雨没有雪地过一个冬，到了春间阴历的正月底或二月初再冷一冷，下一点春雪的；去年(1934)的冬天是如此，今年的冬天恐怕也不得不然，以节气推算起来，大约太冷的日子，将在1936年的2月尽头，最多也总不过是七八天的样子。像这样的冬天，乡下人叫做旱冬，对于麦的收成或者好些，但是人口却要受到损伤；旱得久了，白喉、流行性感冒等疾病自然容易上身，可是想恣意享受江南的冬景的人，在这一种冬天，倒只会感到快活一点，因为晴和的日子多了，上郊外去闲步逍遥的机会自然也

多；日本人叫做 Hi-king，德国人叫做 Spaziergang（狂者），所最欢迎的也就是这样的冬天。

窗外的天气晴朗得像晚秋一样；晴空的高爽，日光的洋溢，引诱得使你在房间里坐不住，空言不如实践，这一种无聊的杂文，我也不再想写下去了，还是拿起手杖，搁下纸笔，上湖上散散步罢！

江南冬景 酣畅小调 ◎ 陈素萍

郁达夫的散文，行云流水，自然有致，笔随意转，舒卷自如，胸怀磊落，诚挚坦白，有很强的抒情性和艺术性，读来如饮醇酒，香冽而耐人寻味。

《江南的冬景》里，作者从各个角度描写江南的冬天，写自己的切身感受，描绘出一幅江南暖冬的水墨画。好的文学，就是善于用形象来表达抽象。达夫先生的文字充分地体现了这一点，"围炉煮茗，或吃涮羊肉，剥花生米，饮白干"，了了几笔，几幅北方冬天的生活图画活生生地呈现在我们面前。至于江南，作者只选了树叶、晨霜、草色等，写树叶"不至于脱尽……落叶满街"，晨霜则"白得像黑女脸上的脂粉"，草色是"根边总带点绿意"。这一切，使江南的冬景显得奇异起来，与北国之冬大不相同，再肃杀的季节，在江南也总含蓄着一种生气，于是，"老翁小孩就又可以上门前的隙地里去坐着曝背谈天，营屋外的生涯了"，不像北国那般只躲在屋里。这样，江南冬天的生气就显出来了。

本文另一妙笔是对比手法的运用。作者对这种手法的运用非常熟练，看本文，北国与江南的冬天的比较、江南冬天与秋天的比较、闽粤等地的冬天与作者所说的江南冬天的比较、德国与江南的寒郊散步的比较，等等，信手拈来，不着痕迹，却让你对江南冬景的印象更加深刻了。同时，作者对江南冬景的钟爱之情也跃然纸上。

作者笔下的江南冬景，温情，柔和，亲切而富有生气，如歌如画，味道隽永，加上作者的妙笔，就成了一曲酣畅有致的江南小调了。

平平淡淡的事情，琐琐碎碎的细节，可在这里，我们读到了另一番滋味，就像品尝一串串清甜的葡萄。

河边的景致

蒋蓉蓉

冬拎着行李到南方做客，它不小心打了个喷嚏，把河水结成了冰。

那冰结得老厚，贪玩的小孩子们捡来几块坚硬的石头砸向冰上，那石头哪里是冰的对手呢？石头“滴溜”一声滑得老远，藏到叶丛中。几只漂亮的大鸟，也来凑热闹，每一次飞来都会引起人们阵阵惊喜的欢笑声。

鱼儿不甘寂寞，从空隙探出脑袋，瞅瞅岸上的人又灵活地溜了进去。调皮的孩子不听大人的劝阻，悄悄来到河边，在冰上滑，不料还未站稳，就摔了个屁股蹲儿，疼得龇牙咧嘴。

大人们找来了锤子，敲碎了冰，水终于裸露出来。水刺骨的凉，洗菜

的妇女冻得直哆嗦。匆匆洗完菜，又匆匆赶上来。

几只停留的小鸟站在芦苇上，唧唧喳喳地谈天说地，不料有一只没有站稳，竟一直滑落到冰面上，几个孩子幸灾乐祸地“哈哈”大笑，其余的几只鸟落荒而逃，孩子又大笑，笑那鸟儿胆子太小了。中午，炊烟袅袅，码头上、河塘上一下子就冷清多了，不过只要一吃完饭，那群孩子又会来这儿玩耍。

不知道以后这儿会不会一直这样热闹，恐怕只有等春天来回答你吧！

构思奇巧　行文妙成 ◎ 黄润弟

相信生活在南方的人都会有这么一个幻想：冬天下一场大大的雪该多好啊！那样我们就可以像书本上描绘的、电视上播放的一样去堆雪人、打雪仗，或做一些其他有趣、有意义的事。可在这篇散文中，作家给我们描绘的冬天的南方，虽没有雪花的飘飞，没有白妆素裹，却又是一番风景，一种味道。

咦，冬什么时候是拎着行李来做客了，还打了个喷嚏呢？石头怎么成了对手了？大鸟什么时候也来凑热闹，连鱼儿也不甘寂寞了！看，调皮的小孩儿还摔得龇牙咧嘴呢！喔，我明白了，这是作家的奇思妙想，运用了拟人、白描的手法把感情赋予“冬”、“石头”、“大鸟”，这是一幅南方别致的冬季水墨画。奇妙的是“大人们找来了锤子，敲碎了冰”，“洗菜的妇女冻得直哆嗦”，小孩子对小鸟滑落的幸灾乐祸……这些都是生活中平平淡淡的事情，琐琐碎碎的细节，可在这里，我们读到了另一番滋味，就像品尝一串串清甜的葡萄。这就是文章描写的巧妙所在，用简单的语言去写简单的事情，给我们展现了乡村河边景物的自然美、真实美、朴素美，让我们无法不产生联想，去发现，去审视。这种生活中的简约、朴素、真实，正是人与自然的和谐啊！

可是，自从看到克株的第一眼，我就自然想起中国黄土高原上水土流失得千丘万壑的土地。

一支藤的故事

丁　林

盛夏之际，假如你行驶在美国的南方，你会看到一种奇特的绿色景观。那是一种巴掌大的绿叶，层层叠叠、密密匝匝地笼盖了一切，时而平铺直叙，时而起伏高耸，伸展出数十数百英里去。不到冬天的枯叶季节，你就休想见到大地的真面目，你能够看到的只是无边无涯密不透风的绿叶遮盖。

可是，你一定不会想到，形成这个北美奇观的，竟是一种东方藤蔓。它来自日本，这里的人们根据日语的发音，叫它克株。

那还是1876年，在美国费城举行的世界博览会上，前来参展的日本人，带来了他们家乡的克株。日本人带来克株的目的很简单，只是为了在博览会日本馆的庭园凉亭上面，做一点小小的装饰。这个主意果然不错——盛夏的克株开着串串紫红色的花朵，使得空气中弥漫着一种甜甜的葡萄般的香气。

也许，正是一阵阵的香风，吸引了一些前来参观的苗圃主人的目光。驻足在这个环绕着美丽藤蔓的日本凉亭前的众多美国人中，出了那么一个好事之徒。偷偷地掐下一个芽头，回去喜滋滋地培育出一株小克株来。

不过一两年工夫，克株的名字已经出现在南方苗圃的销售目录上了。它被介绍为一种凉棚植物。

进入 20 世纪以后，克株的庭园观赏植物的身份忽然发生了变化，起因十分偶然——仅仅是一个退休的植物学家带了三棵克株幼苗回家。这名退休植物学家名叫珀利斯，买回来以后，他竟一时找不到合适的地方种植，最后还是接受了妻子的建议，种在家里的垃圾堆旁，以期克株能够帮助他们遮盖那堆不雅观的垃圾。

一年以后，不仅那堆垃圾不见了，还有邻居的篱笆等，都消失在克株茫茫的绿叶之下。正因为这一次的克株是满地铺开的，所以，它不仅显示了自己神奇的生长速度，还终于有机会道出自己的其他优点。珀利斯发现，克株几乎是一种活的饲料储存。牛也吃，羊也吃，鸡也吃，猪也吃。由于克株生长迅速，怎么吃它也不在乎，几乎是边吃边长，边长边吃。仅仅 8 年之后，珀利斯发现自己那三棵小苗，已经覆盖了整整 35 英亩的牧场！

消息传开，克株顿成传奇。它被誉为 20 世纪最神奇的植物之一。它当然立即受到美国农业部的关注，经过观察研究，发现克株可以在极其恶劣的土壤条件下生长，在生长季节无需施肥照料，适应性强，一英亩可以产出两吨饲料。1916 年，美国的奥本大学还得出这样的研究结果：克株是有效的绿肥。在克株覆盖过的土地上，饲料和庄稼都有明显增产。

正在这个时候，又戏剧性地出现一系列的历史偶然，对美国克株种植的扩展，起了推波助澜的作用。

首先是普遍出现的虫灾摧毁了大量美国南方的种植园，接着又是经济大萧条的打击，压低了农产品价格，以致农民无利可图。这些都导致了大片的农田撂荒。前头一撂荒，后面跟着就是水土流失。

于是，1935 年美国成立了联邦土壤保护委员会。这个保护土壤的专职机构成立后的第一个任务就是推广速生的土壤覆盖植物以保护水土。具体说，就是种克株了。其后的 5 年中，仅仅美国联邦政府组织

的苗圃就培育了 8400 万棵克株幼苗。成千上万的专职人员被派赴南方，从事种植克株的工作。农民只要是在自己家的荒地上种克株，每种一英亩就可以获得八美元的补贴。到 1940 年，仅仅得克萨斯一州，就种植了不下 50 万英亩的克株。

于是，克株上了头条新闻："屠杀植物入侵美国"、"南方又打了一仗……可惜，又输了"。美国人当然也不肯放过这个幽默的好题材，有人夸张地宣称，克株的生长速度是每小时以英里计；种克株的最佳方式，就是栽下去扭头就跑，以免给它追上。还有人开玩笑地说，假如你想种克株，一定要在半夜种，白天种有危险，因为邻居看到了没准会向你扔石头。

1954 年，美国联邦农业部已经把克株从推荐植物的名单上勾去。到 20 世纪 60 年代，当年致力于研究如何培育克株的联邦农业部门，已经 180 度大转弯，转向研究如何控制和消除克株了。经过长期的努力，花费了巨大的财力人力之后，在 20 世纪 70 年代中期，据说克株已经被限制在 8500 英亩的面积上，这已经是相当了不起的成绩了。

这时候，人们才有了一点心思，回过头来忽然想到，克株不是从日本来的吗？那么，“克株在日本”的故事又是怎么样的呢？

据说，经过一番考证，人们发现，在日本，克株从来就不是一个灾难。克株在日本不仅是最受喜爱的野生植物之一，还是上百万的产业——克株的花枝茎叶芽在日本据说样样有用，尤其是克株巨型的块根，可以做成芡粉，还可以做成类似豆腐的吃食。克株的块根一块可以重达 300 磅，一英亩可产一万个块根。听说在美国克株成灾，日本人居然觉得不可思议。于是，有日本商人提出以一磅一美元的价格，向美国人买克株的块根，可是没有人接茬。一朝被蛇咬，十年怕井绳。美国再也没人肯开一个克株农场了。

可是，自从看到克株的第一眼，我就自然想起中国黄土高原上水土流失得千丘万壑的土地。

运用之妙　存乎一心

◎ 柳眉儿

横看成岭侧成峰，同一事物，从不同的角度开掘和利用，可能会发生截然不同的后果。同样的克株，在美国最先“被誉为20世纪最神奇的植物之一”，曾经为缓解20世纪三四十年代美国的沙土流失立下汗马功劳，可是到六七十年代，当年致力于研究如何培育克株的联邦农业部门，已经转向研究如何控制和消除克株了，这种疯长的植物让美国人焦头烂额耗费颇巨。当美国人回望克株的传入地时，却发现克株在日本不仅是最受喜爱的野生植物之一，还是上百万的产业，当有日本商人提出以一磅一美元的价格，向美国人收购克株的块根，却没有人回应。

同样的克株，产生的效应却是戏剧性的不同。日本人的确聪明，懂得从最有用的方面对克株善加利用，而美国人少的或许就是一点儿与时俱进的灵活吧。中国的黄土高原，有了前面的榜样，是否可以由荒地变为绿洲呢？思维的智慧是无穷的，运用之妙，存乎一心。

特瓦镇静地看着饲养员，伸出了手。饲养员给特瓦第二只橙子，橙子刚一出手，就看见特瓦的脚下藏着第一只橙子。

动物的智慧

[美]林 达 吴会艺/译

猩猩福第一次违反园规是这样的：在一个非常暖和的日子，饲养员让猩猩们在室外活动。没过五分钟，饲养员惊奇地发现，他的所有“孩子”——动物园的猩猩们——都待在大象居所附近的大树上。后来人们发现，与猩猩馆相邻的锅炉房的门被打开了。

开始，管理员以为这只是偶然的事情，但谁知，福一而再、再而三地犯规。一次，它从馆舍的通气窗爬出屋，逃到外面的干水沟里。第二次，福抠锅炉房的门下边，把门抠开了一条小缝，然后从这小缝里伸过去一根小棍，拨拉开门锁，把门打开了。又有一天，管理员发现福的牙缝里有什么东西在闪闪发光，原来福藏了一小段开锁的铁丝在嘴里。

1968 年，福的无法无天成了当地报纸的头版头条。但那时，福的所作所为没能引起研究动物智力专家们的注意。那个时候，学者们在专心致志于教类人猿使用人类的语言。60 年代，在两位心理学家的努力下，一只叫华斯尔的雌性黑猩猩学会了使用 130 种手语。这引起了科学界关于动物智能的激烈争论，科学家们不能确定，当华斯尔看到一只在池塘里的天鹅时所做手语的确切含义。它到底是想到用一种语言来描绘水禽呢？还仅仅是发出一种信号，这信号只是为了说明自己面前的景象。

几年过去了，科学家们还在争论着关于动物语言和思维的问题。动物真的能思维吗？除了教动物使用人类的语言外，还有什么更好的办法去研究动物的智能呢？但是，专家们发现动物的确能做很多经过思维考虑的事情，当然目前来说，这只是人们按照自己的思维方式所设想的事情。比如：

猩猩的交易。田纳西大学的人类学者米洛教猩猩查特克使用手语。查特克明白如果它做些诸如打扫房间的杂事就能得到钱——硬币，用这钱它可以买些好吃的，或者乘米洛的汽车去兜风。查特克还懂如通货膨胀、假币等更为复杂的经济概念。米洛把扑克牌当做纸币，查特克就把原来的一张“钱”撕成两半，以使自己的钱增值，它还会将薄金属片做成“假币”。

除此之外，查特克还懂得一些节约、分享的道德修养概念，这真让那些生性吝啬的人甘拜下风。米洛给查特克一些葡萄，它最初的反应是马上把葡萄抓到手里，但后来也许是想起了关于分享的教导，于是它递给米洛一根葡萄枝。

聪明的鲸鱼。有一头叫做洛基的雄性逆戟鲸，它的太太生下了一头小鲸。小鲸生病了，管理人员把它从池里捞起来治疗，当人们想把它放回水池中的时候，装鲸鱼的捕捞机器在距水面只有一米左右的地方卡住了。小鲸在空中情况危急，但工作人员无法够到它，也没法修理机器。正在这紧急时刻，洛基从水中游来，稳稳地待在小鲸身下，让工作人员站在它身上，去解救小鲸。

狡猾的伎俩。一天，动物园里的饲养员扔给猩猩米拉梯一只橙子。米拉梯没有转身跟着橙子跑动，饲养员以为这只橙子一定是滚到什么猩猩无法够到的角落里去了，于是他又扔给米拉梯另一只橙子。米拉梯得到了这只橙子，慢慢吞吞地转身走开，饲养员看见它手里藏着第一只

橙子。另一头猩猩特瓦注意到这一情况。第二天，饲养员又来给猩猩们分橙子。特瓦看着饲养员的眼睛，就好像是没有拿到橙子，“你没有橙子吗?”饲养员问。特瓦镇静地看着饲养员，伸出了手。饲养员给特瓦第二只橙子，橙子刚一出手，就看见特瓦的脚下藏着第一只橙子。

鹦鹉的幽默。一只叫做玛瑞的非洲灰鹦鹉很喜欢和主人开玩笑，玛瑞的伙伴是一只亚马孙鹦鹉，叫帕哥。一天，主人拿来一只母鸡，举起了手中的刀，玛瑞马上很害怕地叫起来：“不哦，不要！帕哥！”主人忍住笑，说：“不，这不是帕哥。”并把帕哥带到玛瑞面前，叫它看看帕哥一切都好，玛瑞发出一阵带着失望声调的笑，叫，“哦，不。”随后这笑变成了一阵抑制不住的大笑。

是鹦鹉看到同伴就要死去，感到好笑吗？还是它懂得主人的反应，想和主人开个玩笑？不管怎样，鹦鹉玛瑞显得能从主人的反应中幽默一下。

智慧是什么？假如生命意味着永存，那么智慧则意味着能够保持永存。海龟的脑子只有豆粒那么大，它却是这世界上最古老的动物之一，它甚至战胜了巨大的恐龙。人，应该看到，周围的动物们能够生存，就一定有其生存下去的理由。

生存的智慧 ◎小 智

“智慧是什么？假如生命意味着永存，那么智慧则意味着能够保持永存。……人，应该看到周围的动物们能够生存，就一定有其生存下去的理由。”这篇颇有趣味的短文给人最大的启示，恐怕就在于此吧。

某种程度上说，人是这个地球上最自高自大、目空一切的动物，自诩为万物之灵，认为一切动物皆无知无识，他们或对动物们豢养、训化、玩赏，或高举动物保护主义旗帜，或将动物视同无生命之物，为满足自己的各种欲望对其任意摧残、虐杀，无论哪种情形，似乎都脱不了一种高高在上、夜郎自大的心态。这篇文章以出人意料的实例，点醒人们：其实动物的存在亦是自然造化之功，它们在以不为人类所了解的智慧方式延续着自己的生存。而在地球人类之外，或许还有更加高级、智慧的生命形态。

人类应该深深地知道自身的渺小和有限，未知世界的博大无垠，产生深深的敬畏感和赞叹之心，不再自大和狂妄，进而想要追寻如何才能超越自身局限，充分开发自身潜能、完善自我、提升自我。人类这种生灵在地球上已经具备了生存的优势，不能无度地叫嚣征服和改造自然。如果人类始终能本着与天地宇宙自然万物和谐共生发展进化的方式生存，就不可能滋生出如此众多的怪病和人为的灾祸，而获得更多的圆满和幸福。

今日之中国，今日之青年，亟须以藏獒（áo）般的勇烈，苦其心志，劳其筋骨，洗去我们灵魂中的自私和软弱，重塑我们的刚猛和顽强！

藏獒

彭见明

在西宁的时候，一位朋友绘声绘色向我郑重介绍西藏的一种家畜，叫做藏獒。獒，狗也。但是不叫狗，叫獒。藏獒属牧羊犬之列，生活在海拔三四千米以上的高寒地带。朋友言它是犬类中最凶猛剽悍者，且伟岸，可达半人之高，在家畜中，它是唯一能使凶狠残忍的狼都惧怕的动物。藏獒鸣吠时，近听并不觉有甚厉害悦耳之处，但其声音的穿透力极强，可远播数里之遥，足可让远在人之目力难及的望着肥羊牛犊流涎的狼群胆寒，

只要有藏獒在,它看守的牛羊就不会有失。如果用金钱来衡量藏獒的价值,朋友说一只成熟的藏獒在德国的售价可逾万金……

在远离西藏还有数千里之遥的地方,我把拜会藏獒,作为我到西藏之后的首选目标。

抵达拉萨,满街张望,渴望见到有藏人手牵藏獒在市井招摇。立马又觉这种想法好笑,如此猛物,怎可在街上展示?况藏獒绝不是哈巴狗之类的宠物,爱在人流中挤眉弄眼地闲逛。

一日傍晚,得拉萨一位朋友邀请,赴他家小聚。友人岳父母系藏人,退休在家,于城郊盖有私房。刚进红漆彩绘的大门,便听得有如闷雷般沉郁的狗叫。只见一只黑狗,在小院的狗棚中狂吠乱扑不已。友人的岳父赶紧上前,双手抱定那狗的颈脖,口中喃喃劝慰,好歹才压住其狂躁,这样我等才得以在狗身旁蹑足掠过,进入屋中。

我即问朋友:这是藏獒?

友人说:正是。但这不过是一条未成年的藏獒。尚未成年,便如此勇烈,长大该如何?此时我坚信了西宁朋友关于藏獒的介绍并非夸张。再看那獒,毛黑眼亮,颈脖上毛发直立,系着两条手指大小粗细的铁链,一头缚颈脖,另一端系在自来水管上。朋友说,平时只锁一链,今日有生人来,需加锁一链,以防不测。我问平日无客来,也要以链锁其脖颈吗?他说除晚上放开,白天是一定要锁定的,那可不敢疏忽,别说怕伤着外人,就是自家人也怕有失。此犬极难与人亲近,甚至可说六亲不认。家中只有当初领养它的岳父一人可以近它。为其梳洗,其余成员近前,无不龇牙吹须,令人恐畏。

拉萨城中看家的藏獒尚如此,那么在山中牧区劳作的藏獒,将是何等模样呢?

在一个叫做贡德林的高山草原,我见到了真正意义上的獒——所谓“真正意义”,据说藏獒的最佳生存状态是在海拔 4000 米以上的地域,而拉萨只有 3700 米的海拔高度。

贡德林，海拔4700米的高山草原。在一户拥有几百头牲畜的牧民的房子后面坡上，拴着三只黑色的藏獒，高者如牛犊。它们均被拴牢在粗大的木柱子上，它们并不是因有陌生人光临而被主人锁住。三个大木柱周围丈余的地上寸草不生，藏獒粗大的脚爪将地上刨得泥土飞扬。无论是风霜雨雪，那无遮无拦的敞地便是它们的居所。它们的毛色远没有拉萨城中家养的同类那般乌黑光鲜，显得粗硬杂乱。见有陌生人来访，除发出几声更加沉闷的吼声外，便不再张扬，而以凶残阴冷的目光警惕围墙内的我们。这种更可怕的表情使我们不敢越过围墙，去拍一张它们的照片。

藏獒是冷酷的，它们不需要人的怜爱和亲抚。

藏獒是顽强的，它们和其他牲口一样可以忍受千般苦难，甚至不需要一个屋顶……

我最后听到的一个关于藏獒的故事，说是牧人若碰到大暴雪，牛羊因寒冷和缺草而尽殁，人也因缺粮而快撑不住时，一头哺乳期的同样缺吃少喝的藏獒，以它的乳汁，几乎可以供出三五人每天的吃喝。一个寒冬下来，半人高的藏獒，因其巨大的消耗，足足会矮下去尺余。但它仍能生存下去，且会迅速地得以恢复。这可以让我们联想到沙漠中的骆驼，在缺水之时，数日不喝，仍能于体囊内储存一定数量的水。驼善储水，獒竟能生奶，真奇迹也！

我想藏獒仅有勇武，也就不是真正的高原壮士了。

勇烈之殇 ◎小布妞

藏獒，凶猛剽悍，足使恶狼胆寒；忠诚勇毅，可为主人披肝沥胆；冷酷顽强，不需要人的怜爱和亲抚，能忍其他动物和人不能忍的万般苦难。它是高原朔风沃雪里一道冷峻凛冽的风景，它是真正的高原壮士！

读罢此文，慨叹之余，更多的却是隐忧和感伤。升平日久，莺歌燕舞桃红柳绿醺得原本“多慷慨悲歌之士”的神州，常传不谐之音。人们熙熙攘攘皆为利来往，勇烈刚毅的影子愈来愈淡，自私贪婪冷漠不但腐蚀了我们的灵魂，亦

疲弱了我们的身体，甚至连我们的孩子也输了夏令营里的较量。英雄年代里，天下兴亡，匹夫有责。连引车操桨之徒亦能“拼将十万头颅血”，而现在我们大多数人的眼里除了自己还是自己。事不关已，高高挂起，没有正义感，对身外事麻木冷漠，不讲诚信，沉迷在物欲和自我中的国人呀，达摩克利斯之剑正高悬在我们头上！

今日之中国，今日之青年，亟须以藏獒般的勇烈，苦其心志，劳其筋骨，洗去我们灵魂中的自私和软弱，重塑我们的刚猛和顽强！

我是大海的叹息，是天空的泪水，是田野的微笑。这同爱情何其酷肖：它是感情大海的叹息，是思想天空的泪水，是心灵田野的微笑。

雨之歌

[黎巴嫩]纪伯伦

我是根根晶亮的银线，神把我从天穹撒下人间，于是大自然拿我去把千山万壑装点。

我是颗颗璀璨的珍珠，从阿施塔特女神王冠上散落下来，于是清晨的女儿把我偷去，用以镶嵌绿野大地。

我哭，山河却在欢乐；我掉落下来，花草却昂起了头，挺起了腰，绽开了笑脸。

云彩和田野是一对情侣，我是他们之间传情的信使：这位干渴难耐，我去解除;那位相思成病,我去医治。

雷声隆隆闪似剑,在为我鸣锣开道;一道彩虹挂青天,宣告我行程终了。尘世人生也是如此:开始于盛气凌人的物质的铁蹄之下,终结在不动声色的死神的怀抱。

我从湖中升起,借着以太的翅膀翱翔、行进。一旦我见到美丽的园林,便落下来,吻着花儿的芳唇,拥抱着青枝绿叶,使得草木更加清润迷人。

在寂静中,我用纤细的手指轻轻地敲击着窗户上的玻璃,于是那敲击声构成一种乐曲,启迪那些敏感的心扉。

空气中的热使我降生在地,我又反过来去消除这种热气。这就如同女人,她们从男人那里吸取力量,反过来又用这力量去征服男人。

我是大海的叹息,是天空的泪水,是田野的微笑。这同爱情何其酷肖:它是感情大海的叹息,是思想天空的泪水,是心灵田野的微笑。

大自然的颂歌 ◎雨 生

纪伯伦,黎巴嫩诗人、散文家和画家。12岁时随母亲去美国波士顿,进入侨民学校,两年后回国学习。1908年因发表《叛逆的灵魂》而被驱逐,再次前往美国。后去法国学习绘画和雕塑,得到艺术大师罗丹的奖掖。1911年重返美国,专门从事文学艺术创作活动,成为旅美派的代表作家。逝世后,遗体被运回祖国,在家乡安葬。

纪伯伦是阿拉伯近代文学史上第一个使用散文诗体裁的作家,《先知》是其代表作。他的散文诗多以爱与美为主题,论述了一系列社会人生问题,充满哲理,用喻新奇,具有东方色彩。这篇《雨之歌》也是一篇以爱与美为主题的优美的散文诗。

在《雨之歌》中,作者将大自然的景与人类的情完全融合在一起,达到了情景交融的境界,使人在感受大自然美的同时也感悟了人类生命自身的魅力。在写雨的时候,作者的想象完全按照雨的自然物理特性展开:

“从天穹撒下人间”、“行程终了”、“从湖中升起”，这是一个循环的过程。作者的思绪也随着这个循环过程的每个细节铺开：“把千山万壑装点”，“终结在不动声色的死神的怀抱”，“借着以太的翅膀翱翔、行进”。作者赋予了雨这一自然现象以人格的意义：“我从湖中升起，借着以太的翅膀翱翔、行进。一旦我见到美丽的园林，便落下来，吻着花儿的芳唇，拥抱着青枝绿叶，使得草木更加清润迷人。在寂静中，我用纤细的手指轻轻地敲击着窗户上的玻璃，于是那敲击声构成一种乐曲，启迪那些敏感的心扉。”对大自然如此满怀情愫的描述来自诗人对大自然的由衷热爱，也正是诗人热爱生命的真切体现。在纪伯伦诗作中，景是大自然的景，情则是人类的情，二者互相映照，融为一体。因此，对自然之美的歌颂也正是对生命之美的歌颂。

Part Nine
非常人生

人生可能就是奋斗的过程，成功的故事，精彩的记录。

而非常的人生，则是迎风搏浪，果敢出击，抢占先机，是险峰的无限风光。

我不是偶然来到尘世的。我来到这里是为了一个目的，那个目的就是想长成一座高山，而非缩成一颗沙粒。

我就是最大的奇迹

[美]奥格·曼狄诺

我是造物主的最大奇迹。

自从开天辟地以来，世界上就没有第二个人有我这种精神，有我这种心胸，有我这种眼睛，有我这种耳朵，有我这双手，有我这种头发，有

我这种嘴巴。完全像我一样能走、能说、能动、能想的人，以前没有，现在没有，将来也不会有。四海之内皆兄弟也。但是，我却与众不同。我是独一无二的造化。

我内心里燃烧着经过无数代传下来的火焰。它的热度，不断地刺激我的精神，要我成为比我现在，以及比我将来更好的我。我要扇起这个不满足之火，我要向世界宣布我的独特性。

没有人能够复制我的字体，没有人能够做我凿刻出来的标志，没有人能创造出我的成果，实际上，也没有人能拥有完全像我的推销能力。从今以后，我要将这不同之点大书特书。因为这是使我达到完美之境的一种资产。

我不再徒劳无用地模仿别人。相反的，我要把我的独特性拿到市场上去展览。我不但要宣扬它，而且还要推销它。我要从现在开始，强调我的不同点，隐藏我的相似点。所以，对于我推销的货品，我也要应用此原则。推销员和货物都与众不同，我以这种不同为荣。

我是珍奇的人。凡是珍奇的东西都是无价之宝，所以，我的价值也无法估量。我是千万年进化而来的成品，所以，我在精神和身体两方面，都比以前的所有帝王和圣贤强得多。

但是，我的技巧、我的精神、我的心胸，以及我的身体都会污浊、腐烂和死亡，我必须将它们善加利用。我有无尽的潜力。我只使用了小部分头脑；我只弯曲了少许筋骨。但是，我能够使我昨天的成就增加 100 倍或 100 倍以上。我愿意这么做，从今天就开始。

我以后将永远不再对昨天的成就感到满意，也不再对我微小的事业任意自我宣扬。我能完成的工作，远比我现有的和将来的为多。为什么创造我的那个奇迹，随着我的出生而结束呢？为什么我不能使那个奇迹延伸到我今天的事业上去呢？

我是造物主的最大奇迹。

我不是偶然来到尘世的。我来到这里是为了一个目的，那个目的就

是想长成一座高山，而非缩成一颗沙粒。从今以后，我要竭尽一切力量去成为一座最高的山，将我的潜力发挥到最大限度。

张扬个性 展示自我 ◎ 李恩龙

《我就是最大的奇迹》更像一篇宣言，一篇倡导张扬个性的宣言。“铁石梅花”睥睨一切的傲骨，“自信人生二百年，会当水击三千里”的豪壮，畅快淋漓，尽在文中，读来让人振奋不已。

人，活在世上，不单是为了活着而活着，还得有向往，有追求，有付出，——都需要一种“我就是我”的气概。自从我来到这世上，就注定了我是独特的我，“世界上就没有第二个人有我这种精神，有我这种心胸，有我这种眼睛，有我这种耳朵，有我这双手，有我这种头发，有我这种嘴巴。完全像我一样能走、能说、能动、能想的人，以前没有，现在没有，将来也不会有。四海之内皆兄弟也。但是，我却与众不同。我是独一无二的造化。”这是宣言的总纲。这里面包含着人的自我意识、生命意识和人格意识。

为了强调自我意识，文章写到了“我”的独特性，因为独特，“我不再徒劳无用地模仿别人”，且“我以这种不同为荣”，这是对自我的肯定和标榜，是生命意识的基础。生命意识在文中，表现为“我是珍奇的人”，这种珍奇，使“我”价值连城，“我”必须善加利用我的一切条件。这是因为作者意识到了生命的短暂，容不得轻率，装不下蹉跎，经不起犹豫，所以，“我”只能“从今天就开始”。而这种对“自我”和“生命”的清醒认识，又自然而然地形成了强烈的人格意识，这种人格意识是渗透在行文的过程中的——“我”甚至“比以前所有的帝王和圣贤都要强”；“我”以不自满为基础，以“长成一座高山”为目标……

从自我意识到生命意识，并把人格意识渗透其中，全文显得逻辑严密，过渡自然，构思灵动而饱满，使文章呈现出一种内在的张力，让人读后深受感染和震撼。清晰的逻辑，充沛的内在张力，正是这篇宣言的魅力所在。

只要我们的心灵选择了阳光，那么在通往成功与幸福的道路上，我们已经远离了黑暗和沉沦！

选择阳光

矫友田

那一天，我去城里拜访一个朋友。在下午往回返时，我乘上一辆驶往乡下的大巴。汽车只行出几站，便上来一位盲人，看上去他有60多岁。因为我距离车门较近，便帮助他将背包放好。他嘴里一边说着谢谢，一边在我身边的座位上坐下。

然后，他微笑着问我家住哪里。当我告诉他住在海西时，他竟兴奋地说："你们那里，我可去过很多次。在你们村子东南不远就是大海，村前有一条小路，路旁有一座龙王庙……"

尽管这已是很多年前的情景，但老人说得很准确。我瞅了瞅他失明的双目，感到些诧异，在犹豫了一会儿之后，仍忍不住问："老伯，你这眼——怎么会知道我们村子以前的情景呢？"

老人毫不在意地微笑着说："你怀疑我说瞎话了？年轻的时候，我这两只眼并没有瞎。我还当过兵哩，在青海开过车。复员后，我被分配到一家化工厂里工作。后来，因为工伤，我这两只眼睛才交代了。"

在说这些话的时候，老人脸上的神情非常轻松。

我继续问："城里的道路这么复杂，你出来不担心会迷路吗？"

听了这话，老人笑了起来，说："如果没有胆量迈出第一步，那我只能一直待在家里了。现在，我每个星期都要从乡下到城里往返两趟，一点都不担心会迷路。"

说到这儿时，老人的话题一转，说："刚开始，也很绝望，感觉自己就像一下子从这个世界上消失了似的。但后来，我就想已经这样了，再怎么后悔也无济于事了。于是，我就对自己说，走出去吧，只要抓准目标，走一步就近一步，这有什么好担心和害怕的呢？"

此时，我被老人的话语给深深地打动了。

我又问他："老伯，那你到城里来做什么呢？"

他颇有些自豪地说："是一家大医院，聘我给病人做推拿——"

我惊讶地问："你还会做推拿？"

老人平静地说："是呀，既然活着，就应该学习一门手艺，我研究推拿已经几十年了。"

到站后，在我起身下车的时候，聊兴正浓的老人看上去有些不舍，竟然关切地对我说："走好啊——"

很长时间来，那位双目失明老人乐观和坦然的神情，一直萦绕在我的脑海之中。一个人，陡然间从光明的生活跌入一个黑暗的世界，这是一种多么巨大的打击和痛苦啊！但是，那一位失明的老者却用坚强的信念和勇气，坦然地面对所有痛苦，并将这一份痛苦融化成一种更大的信念，使自己活得更有尊严。

人生之路，风云变幻，沉浮不定；有坎坷的山路，也有晦暗的沼泽。但是只要我们的心灵选择了阳光，那么在通往成功与幸福的道路上，我们就已经远离了黑暗和沉沦！

选择生活 选择快乐 ◎ 张曰来

读完《选择阳光》，感慨万千，一个盲老人尚且能如此乐观地对待生活，更何况我们这些还有一双明亮眼睛的人呢？我们总是抱怨着命运，却不会像那位老人一样选择阳光，让心中充满阳光，坦然地面对厄运，这不能不让我们感到羞愧。

作者善于从日常生活中选取感受最深的细节和场面，表现人物的风貌，寄托人物内心的感动。文章塑造了一个乐观地面对生活磨难的盲老人的形象，老人面对厄运时，彷徨过，也绝望过，但最终还是坦然地面对它，作者对他神态的描写：他“微笑着”，在被问及瞎眼这个忌讳话题时，他“毫不在意”，显得“非常轻松”，面对人家的惊讶赞叹，他一脸“平静”……这正是坦然面对人生、笑看生活风云的超然态度。作者给予它最好的诠释：人生之路，“有坎坷的山路，也有晦暗的沼泽。但是只要我们的心灵选择了阳光，那么在通往成功与幸福的道路上，我们就已经远离了黑暗和沉沦！”说得多好啊，“人有悲欢离合，月有阴晴圆缺。”人的一生，不如意事十有八九，谁又能保证人生之路永远是一帆风顺的？要想自己的人生之舟始终朝着成功的方向前进，最关键的一点就是学会选择生活，而不是让生活选择你！我们要学会在阴霾密布的时候选择阳光，在困难重重的时候选择奋起，在厄运肆虐的时候选择乐观。

全文语句虽然看似平实，却闪现着哲理的光芒，耐人寻味，渲染着一种积极向上的乐观基调，给人一种清新舒畅的感觉。

生命是一列向着一个叫死亡的终点疾驰的火车，沿途有许多美丽的风景值得我们留恋。

生命的滋味

苏蕊玲

只有一个真正严肃的哲学问题，那就是自杀。这是加缪《西西弗斯神话》里的第一句话。朋友提起这句话时，正躺在医院的急诊室，140粒安定没有撂倒他，又能够微笑着和大家说话了。

另一位朋友肺癌晚期，一年前医生就下过病危通知书，是钱、药、家人的爱一点一点地延长着他的生命。于病人，病痛的折磨或许会让他感到生不如死，对于亲人来说，不惜一切代价，只要他活着，只要他在那儿。

人无权决定自己的生，但可以选择死。为什么要活着？怎样活下去？是终生都要面对的问题。

有一个春天很忧郁，是一种看破今生的绝望，那种找不到目的和价值的空虚，那种无枝可栖的孤独与苍凉。一个下午我抱了一大堆影碟躲在屋内，心想看吧看吧看死算了。直到我看到它——伊朗影片《樱桃的滋味》，我的心弦被轻轻地拨动了。

那时我的电脑还没装音箱，只能靠中文字幕的对白了解剧情。剧情大致是这样的：

巴迪先生驱车走在一条山间公路上，他神情从容镇静，稳稳地操纵着方向盘。他要寻找一个帮助埋掉他的人，并付给对方20万美元。一个士兵拒绝了，一个牧师也拒绝了，天色不早了，巴迪先生依然从容镇静地驱车走在公路上寻觅。这时他遇到了一个胡子花白的老者，老者给他讲了一个故事：我年轻的时候也曾想过要自杀。一天早上，我的妻子和孩子还未睡醒，我拿了一根绳子来到树林里，在一颗樱桃树下，我想把绳子挂在树枝上，扔了几次也没成功，于是我就爬上树去。正是樱桃成熟的季节，树上挂满了玛瑙般晶莹饱满的樱桃。我摘了一颗放进嘴里，真甜啊！于是我又摘了一颗。我站在树上吃樱桃。太阳出来了，万丈金光洒在树林里，涂满金光的树叶在微风中摇摆，满眼细碎的亮点。我从没发现林子这么美丽。这时有几个上学的小学生来到树下，让我摘樱桃给他们吃。我摇动树枝，看他们欢快地在树下捡樱桃，然后高高兴兴地去上学。看着他们的背影远去，我收起绳子回家了。从那以后我再也不想自杀了。生命是一列向着一个叫死亡的终点疾驰的火车，沿途有许多美丽的风景值得我们留恋。

夜幕降临了，巴迪先生披上外套，熄灭了屋内的烟，走进黑暗中。夜色只看到车灯的一线亮光。然后是无边的、长久的黑暗……

天亮了，远处的城市和远处的村庄开始苏醒，巴迪先生从洞里爬出来，伸了个懒腰，站在高处远眺。

……

看到这里我决定认认真真洗把脸，把鞋子擦亮，然后给自己买来鲜花。

后来我曾经问过欲放弃生命的朋友，问他体验死亡的感觉如何。他说一直在昏迷中，没觉得怎么痛苦。倒是出院的那天，看到阳光如此的明媚，外面的世界如此新鲜，大街上姑娘们穿着红格子呢裙，真是可爱。长这么大第一次发现世界是这样的美好。

世界还是那个世界，只是感受世界的那颗心不同而已。

患肺癌的朋友已经作了古，记得他生前爱吃那种烤得两面焦黄的厚厚的锅盔饼。每次看到卖饼的推着车走来，就怅然，若他活着该多好！可惜那些吃饼的人，体味不到自己能够吃饼的幸福。

为什么要活着？就为了樱桃的甜，饼的香。静下心来，认真去体验一颗樱桃的甜，一块饼的香，去享受春花灿烂的刹那，秋月似水的柔情。就这样活下去，把自己生命过程的每一个细节都设计得再精美一些，再纯净一些。不要为了追求目的而忽略过程，其实过程即目的。

珍惜生命　尊重自己 ◎ 彭雯雯

作者写《生命的滋味》，是为了一个真正严肃的问题——自杀。从盘古开天辟地以来，这个问题就一直潜在人们心里，缠绕在人们的周围，它在人类的世界里具有很大的市场。人们通常在遇到不如意的事而心灰意冷就想到解脱——自杀，却不想用别的方法去解决。作者以人类的这一现象作为自己情感与思绪的载体，写下了这篇文章。

“为什么活着？”是全文的线索，作者运用两个朋友的事例，引出文章的主题：人为什么活着？就为了樱桃的甜、饼的香。这句岁月挚言是那部伊朗影片《樱桃的滋味》和那位患肺癌的朋友的故事里绽放出来的。当然，这里的樱桃、饼不再是简单的指食物，而是作为生活的象征；“甜、香”也不再是单纯地指食物的味道，而是生活中的美的象征。人生，一个短暂而又漫长的历程，在这个历程中，总会碰到风浪，没有人的一生可以风平浪静。只有像冲浪一样，踩着浪板冲出重重的障碍，才可以赢得人生的金牌。

作者和她的朋友都已读懂人生。她们知道人的生命是不可能那么固定，那么完美的。如果生命的海洋里没有风，那就不是“完美”的海洋。

文章的最后一段，苏菡玲用朋友的例子和影片中的剧情来告诉大家：“不要随便放弃生命，其实世界是很可爱的。需要大家认真地去体味。”不是每个人都可以像她的朋友那么好运，不要到了天堂，才知道后悔，世上没有后悔药，珍惜一切吧！

服输要比不服输更需要勇气，能服输时则服输，其实是一种生活的大智慧。

适时服输

流　沙

江有一百多米宽，而且流速也快。几个人在江边游泳，其中两人因为话不投机打起赌来，说谁不能游到对岸，谁就不是男人。

两人对峙着要求一起下水，但其中一个看着水流湍急的江面改变了主意，他平静地说：“我服输。”

另一人听罢，哈哈大笑，他转身扑入江水中，回头对旁人说：“我要让你这软蛋看看咱的本领。”

他的朋友们让他回来，说现在江水流速快，游到对岸有危险，但是他根本不听朋友们的话，转眼之间就游出五六十米远。

朋友们焦急地站在岸边看着他越来越小的身影，突然一个浪头打过来，他在江中消失了。

朋友大声叫："不好。"他们借来救生衣后跳入江中救援，但哪里还见得到他的身影。

第二天，他的尸体在下游被人发现了。

他在县里是有名的游泳健将，他对这条江的水流也比较清楚。但是许多人都知道此时不能下水游泳，而他却置之不理。

这是明知不可为而为之，他死得很冤枉。如果当时能认输，就不会送掉自己的生命。在对手认输的情况下，其实他已经没有必要下水了，因为此时没有外在力量强迫他非前行不可，但他受制于自己珍爱的所谓男人的自尊。他不是死于江中，而是败在自己无所畏惧的勇气里。

记得在一本杂志上看到一则登山故事：美国有一位登山运动员不远万里来到珠穆朗玛峰，他准备了几年，最大的愿望就是能够冲顶，而且向外界公布了他的愿望。

但是他在登到海拔 7000 米时，山上的气候恶化，虽然此时他体力仍然十分充沛，完全有能力冲顶。但是在常识面前，他毅然选择了退却，撤回到营地。

许多人对他的行为表示不解，但他却说："7000 米对我来说，也是一个奇迹。"尽管冲顶对他来说只是一步之遥。但是在恶化的天气里，他必须为此冒生命危险。

一个狂热的登山运动员能在唾手可得的胜利面前认输，这需要勇气。

不服输是人类的致命弱点。在我们的生活中，一个人一旦被光环笼罩，就违背了自己真实的初衷，不再为自己心意所使，而为名誉地位所累。只愿上，不愿下，他们为了面子和荣耀感，无法收手，结果败得一塌糊涂。

服输要比不服输更需要勇气，能服输时则服输，其实是一种生活的大智慧。

敢于服输　善于忍耐 ◎ 符水德

“有时你认为输了，其实你赢了。”这是电影《美梦成真》里极为经典的一句台词。

人生就是这样，总在输赢之间徘徊，输输赢赢，磕磕绊绊，当然大多数人都希望赢，但不同的人看法自然不一致，必会“横看成岭侧成峰，远近高低各不同”。其实输和赢，只是看问题角度不同而已，并没有明显的界限。例如本文中的事例，两个人对峙着要下水游泳比赛，其中一人则为了所谓“面子”，硬逞强，结果连命都丢了，他要赢，结果输得很惨；另一人则从客观实际出发分析问题，甘愿服输，故没有酿成大祸，这就是智慧的表现。表面上看，他输了，实际上他赢了。

由此观之，有时输和赢并非泾渭分明。其实，除了原则上的大是大非问题外，大可不必争一时威风、骨气，而导致不幸的发生。古人云：小不忍则乱大谋。更何况，敢于服输是需要很大的勇气的，这种敢于服输的人，又有谁敢说他不是男子汉？

不服输是人类的致命弱点。有的人把“了却君王天下事，赢得生前身后名”作为人生目标。这里面固然有大义凛然的悲壮，但更多的人是打着这个幌子，为名为利不择手段，结果无法收手，终于葬身于名利场上，甚至为世人所不齿。究其实，这种人要么是为了满足自己的贪欲，要么是为了所谓的面子，并不是真的为了争什么气。这种人，想赢得风风光光，往往却会输得一塌糊涂。

这篇文章，选材精当，角度独特，说理有力，的确算是一篇好文章。它告诉我们一个这样的生活哲理：适时服输是福，平平淡淡是真。

苦瓜用它生命中最后一滴泪水来证明自己是美丽的、甘甜的、鲜艳的!

流泪的苦瓜

陶唯倩

泥土是有一点脾气的,这是苦瓜告诉我们的。苦瓜曾经有一个动听的名字:锦荔枝。望文生义,苦瓜的容貌、滋味应该与荔枝相差不远,但天妒红颜,泥土公公在苦瓜地里睡觉的时候做了一个噩梦,就发脾气,让锦荔枝变成了苦瓜。苦瓜流泪了——为命运的不测。

同是攀缘性蔬菜,苦瓜也像南瓜和丝瓜那样爬藤开花,但苦瓜开的是什么花呀!淡黄色的花朵很小,在阳光下极易被忽视,花瓣张牙舞爪呈锐角形,还散发出一股黏腥的气味。不艳丽不芬芳的苦瓜花,连蝴蝶、蜜蜂都不愿光顾。看到南瓜、丝瓜的藤蔓下一片热闹的嗡嗡声,苦瓜流泪了——为不公平的待遇。

长大成熟的苦瓜满怀热情走进菜场,不幸的是,它再一次遭遇冷眼:对习惯了甜蜜生活的都市人来说,他们不喜欢苦瓜。喜庆宴席上,苦瓜是不能上桌的——大吉大利的好日子,来一盘“苦”味岂不是很扫兴?苦瓜悲愤难抑:我身体里维生素含量丰富,虽味苦但性寒,能消暑去热气。但人们听不进苦瓜的争辩,苦瓜潸然泪下——餐桌之大,为什么容不下一个诚实的苦瓜!

苦瓜入馔，可以炒肉丝，焖火腿，但苦瓜很少直接下锅，要么先在开水里滚一道，要么用盐腌上片刻。被扼杀生机的苦瓜再一次伤心落泪——它是多么渴望在油锅沸腾的瞬间辉煌一次啊！

从幼年到少年，从青年到老年，苦瓜一直在流泪；它的表皮斑驳凹凸，布满颗粒，那是一滴滴泪水凝固而成的。哭到最后，苦瓜的颜色由黄转红，身体如花朵一样绽放开来，味道也变得格外甘美——苦瓜用它生命中最后一滴泪水来证明自己是美丽的、甘甜的、鲜艳的！

回望人生，其实就像一只苦瓜，很多人都是先苦后甜，生命的色彩在暮年灿烂。人生尚如此，为什么不能对苦瓜宽容一些呢？

但愿苦瓜不再流泪。

说理形象　妙喻连篇

◎ 庞艳容

这是一篇很有哲理性的文章。全文都运用了拟人手法，这样写，把人的思想活动赋予物象，让读者感受到作者对事物的感情。文章内容通俗易懂，条理清晰。作者主要是以苦瓜的眼泪为线索，叙述了苦瓜的一生。作者多次写到苦瓜流泪，而每次都是从不同的角度去写。

第一次写苦瓜的眼泪，是讲苦瓜原来也有一个好听的名字：锦荔枝。但由于泥土的一个噩梦，就让锦荔枝变成了苦瓜。苦瓜流泪了——为命运的不测。第二次是因为在大宴席上，苦瓜不能上桌，为此，苦瓜再次潸然泪下，而第三次是因为苦瓜不能直接下锅，要么用开水滚一道，要么用盐腌上片刻，为此，苦瓜再次留下了伤心的泪水。作者三次写苦瓜流泪，描写得非常逼真。写苦瓜的样子时，作者是这样描写的：它的表皮斑驳凹凸，布满颗粒，而这些都是因为苦瓜的滴滴泪水凝固而成的。这样就更能突出苦瓜流泪的次数频繁。

“从幼年到少年，从青年到老年，苦瓜一直在流泪”作者用一句话就概括了苦瓜的一生。而写苦瓜哭到最后时，作者来了一个急转弯，写苦瓜

用它生命中最后一滴泪水来证明自己是美丽的、甘甜的、鲜艳的！其实我们的人生也如苦瓜一样，先苦后甜。我们体会了生活的甜酸苦辣，我们用别人的一生来丰富和扩大自己的一生。人的一生每刻都在延续着成功与失败、追求与失落、理想与幻灭的悲喜剧，人在追求中往往会遇到一些不顺的事。跌倒，我们就爬起来，仍然一如既往地去追求自己的梦想，不经历风雨，怎么见彩虹？作者以苦瓜的眼泪为事例，然后用一句话概括了人生的规律。

文章结构严谨，没有多余的话。以“苦瓜”喻人生，说理形象，更容易感人；以“但愿苦瓜不再流泪”结束全文，概括要旨，唤醒了读者的心灵。

每一个有激情的演员都难免是一个人质，每一个懂得欣赏的观众都巧妙地粉碎了一场阴谋；每一个乏味的演员都是因为他老以为这戏剧与自己无关。

风雨中的美丽

史铁生

设若有一位园神，他一定早已注意到了，这么多年我在这园里坐着，有时候是轻松快乐的，有时候是沉郁苦闷的，有时候优哉游哉，有时候凄惶落寞，有时候平静而且自信，有时候又软弱，又迷茫。其实总共只有三个问题交替着来骚扰我，来陪伴我。第一个是要不要去死？第二个是为什么活？第三个是我干吗要写吗？现在让我看看，它们迄今都是怎样编织在一起的吧。

你说，你看穿了死是一件无需乎着急去做的事，是一件无论怎样耽搁也不会错过的事，便决定活下去试试？是的，至少这是很关键的因素。为什么要活下去试试呢？好像仅仅是因为不甘心，机会难得，不试白不试，腿反正是完了，一切仿佛都要完了，但死神很守信用，试一试不会额外再有什么损失。说不定倒有额外的好处呢，是不是？我说过，这一来我轻松多了，自由多了。为什么要写作呢？作家是两个被人看重的字，这谁都知道。为了让那个躲在园子深处坐轮椅的人，有朝一日在别人眼里也稍微有点光彩，在众人眼里也能有个位置，哪怕那时再去死呢也就多少说得过去了，开始的时候就是这样想，这不用保密，这些现在不用保密了。

我带着本子和笔，到园中找一个最不为人打扰的角落，偷偷地写。那个爱唱歌的小伙子在不远的地方一直唱。要是有人走过来，我就把本子合上把笔叼在嘴里。我怕写不成反落得尴尬。我很要面子。可是你写成了，而且发表了，人家说我写得还不坏，他们甚至说：真没想到你写得这么好。我心说你们没想到的事还多着呢。我确实有整整一宿高兴得没合眼。我很想让那个唱歌的小伙子知道，因为他的歌也毕竟是唱得不错。我告诉我的长跑家朋友的时候，那个中年女工程师正优雅地在园中穿行；长跑家很激动，他说好吧，我玩儿命跑，你玩儿命写。这一来你中了魔了，整天都在想哪一件事可以写，哪一个人可以让你写成小说。“是中了魔了”，我走到哪儿想到哪儿，在人山人海里只寻找小说，要是有一种小说试剂就好了，见人就滴两滴看他是不是一篇小说，要是有一种小说显影液就好了，把它泼满全世界看看都是哪儿有小说，中了魔了，那时我完全是为了写作活着。结果你又发表了几篇，并且出了一点小名，可这时你越来越感到恐慌。我忽然觉得自己活得像个人质，刚刚有点像个人了却又过了头，像个人质，被一个什么阴谋抓了来当人质，不定哪天被处决，不定哪天就完蛋。你担

心要不了多久你就会文思枯竭，那样你就又完了。凭什么我总能写出小说来呢？凭什么那些适合做小说的生活素材就总能送到一个截瘫者跟前来呢？人家满世界跑都有枯竭的危险，而我坐在这园子里凭什么可以一篇接一篇地写呢？你又想到死了。我想见好就收吧。当一名人质实在是太累了，太紧张了，太朝不保夕了。我为写作而活下来，要是写作到底不是我应该干的事，我想我再活下去是不是太冒傻气了？你这么想着你却还在绞尽脑汁地想写。我好歹又拧出点水来，从一条快要晒干的毛巾上。恐慌日甚一日，随时可能完蛋的感觉比完蛋本身可怕多了，所谓不怕贼偷就怕贼惦记，我想人不如死了好，不如不出生的好，不如压根儿没有这个世界的好。可你并没有去死。我又想到那是一件不必着急的事。可是不必着急的事并不证明是一件必要拖延的事呀？你总是决定活下来，这说明什么？是的，我还是想活。人为什么活着？因为人想活着，说到底是这么回事，人真正的名字叫做：欲望。可我不怕死，有时候我真的不怕死。有时候，——说对了。不怕死和想去死是两回事，有时候不怕死的人是有的，一生下来就不怕死的人是没有的。我有时候倒是怕活。可是怕活不等于不想活呀？可我为什么还想活呢？因为你还想得到点什

么、你觉得你还是可以得到点什么的，比如说爱情，比如说，价值之类，人真正的名字叫欲望。这不对吗？我不该得到点什么吗？没说不该。可我为什么活得恐慌，就像个人质？后来你明白了，你明白你错了，活着不是为了写作，而写作是为了活着。你明白了这一点是在一个挺滑稽的时刻。那天你又说你不如死了好，你的一个朋友劝你：你不能死，你还得写呢，还有好多好作品等着你去写呢。这时候你忽然明白了，你说：只是因为我活着，我才不得不写作。或者说只是因为你还想活下去，你才不得不写作。是的，这样说过之后我竟然不那么恐慌了。就像你看穿了死之后所得的那份轻松？一个人质报复一场阴谋的最有效的办法是把自己杀死。我看出我得先把我杀死在市场上，那样我就不用参加抢购题材的风潮了。你还写吗？还写。你真的不得不写吗？人都忍不住要为生存找一些牢靠的理由。你不担心你会枯竭了？我不知道，不过我想，活着的问题在死前是完不了的。

这下好了，您不再恐慌了不再是个人质了，您自由了。算了吧你，我怎么可能自由呢？别忘了人真正的名字是：欲望。所以您得知道，消灭恐慌的最有效的办法就是消灭欲望。可是我还知道，消灭人性的最有效的办法也是消灭欲望。那么，是消灭欲望同时也消灭恐慌呢？还是保留欲望同时也保留人性？我在这园子里坐着，我听见园神告诉我，每一个有激情的演员都难免是一个人质，每一个懂得欣赏的观众都巧妙地粉碎了一场阴谋；每一个乏味的演员都是因为他老以为这戏剧与自己无关。

每一个倒霉的观众都是因为他总是坐得离舞台太近了。

我在这园子里坐着，园神成年累月地对我说：孩子，这不是别的，这是你的罪孽和福祉。

怀抱八荒　坐看风云 ◎董　燕

掬一捧生命的泉水，它晶莹、柔和，深深打动了我；它甘甜、清醇，使

我迷醉。史铁生，不仅是生命的勇者，更是生命的智者和仁者。

有人是花，娇嫩的花；有人是树，成熟的树；而他选择做藤，柔韧的藤，永远地攀缘生长，向上，向上。命运似乎在与他开着一个又一个玩笑，在他活到最狂妄的年龄忽地让他残废了双腿，从此与轮椅为伴；继而又患上尿毒症，只能靠透析来维持生命，身体永远处于干渴状态……这一切都，在无声地“打击”着他的生命，人们无法感受得到他那种身心之痛。他承受着许多人所不能承受的生命之重，在每一次苦痛之后，人们依然能看到他在坚强地活下去。他想活，他在顽强地与病魔斗争着。于是，我们能看到，在阵阵暴风雨后，生命的藤依然那般青翠，在阳光的照射下，叶儿闪闪发光……

记得有人这样说过，黑夜给了我黑色的眼睛，我却用它来寻找光明。史铁生正是这样，特别的是，在这条黑暗之道上，留下的是轮椅碾过的痕迹。坐在轮椅上，他用笔写出了人生百态，写出了一篇篇感人至深的文章。我们读到了他的痛，他的情，他的坚强，从而读懂了生命，明白活着便会有希望；更读懂了人生，生命不息，奋斗不止。他用文字向人们传递了一种力量、一种精神，他使人们更热爱生命，更懂得生活。

他是站着的，站得比谁都高，比谁都直，那是生命的高度，那是风雨中的英雄。

史铁生这样说过，“徐志摩有首诗《再别康桥》，其中两句话：‘轻轻地我走了，正如我轻轻地来’，我认为，这是对生与死的最好的理解和诠释。这句话很适合刻在墓碑上，是最好的墓志铭。”挣扎在生与死边缘，经历过无数次苦难的洗礼，面对生与死，竟如此的从容和豁达，竟如此的坦然，怎能不令人感动呢？

人生最伟大的光辉不在于永不坠落，而是坠落后的再度升起，那是最美的弧线！

智者无言，他们默默地承受生活中的苦难，永不言弃。我们钦佩，生命的勇士；我们感动，生命的坚韧；我们铭记，风雨中的美丽。

这种精神上的决斗，从来就拒绝热闹。它像地火似的，燃烧着，突然一个耀眼的火光，那是它的灵感，或激动。

决　斗

谭延桐

欧洲曾流行过一种风俗：决斗。

当两人发生了龃龉（jǔ yǔ）或冲突，各执一端，互不相让时，便约定时间地点，并邀请证人，兵戎相见。显然这是一种你死我活的格斗。普希金便是在这样的决斗中死去的。——我始终不能理解，一个好端端的生命为什么要让它在决斗中毁灭呢？一个鲜活的生命转眼间便倒下了，倒在了他人的咒语和狂笑里，倒在了别人的谈资里，倒在了死不瞑目的时间里，还有比这更残忍的吗？——这样的斗法，形式上虽然废除了，但实质还在。

这便是精神上的决斗。

自己跟他人，自己跟自己。而最主要的，还是自己跟自己，两个“我”之间的争斗和较量。这里虽然没有《战国策·秦策二》中所说的“今两虎争人而斗，小者必死，大者必伤”的惨重，却也不乏刀光剑影，鹰瞵鹗视，兔起鹘落。这样的决斗，常常是在静默中进行的。当一种想法不尊重另一种想法，一种做法不苟同另一种做法，一种观念不赞成另一种观念，一种

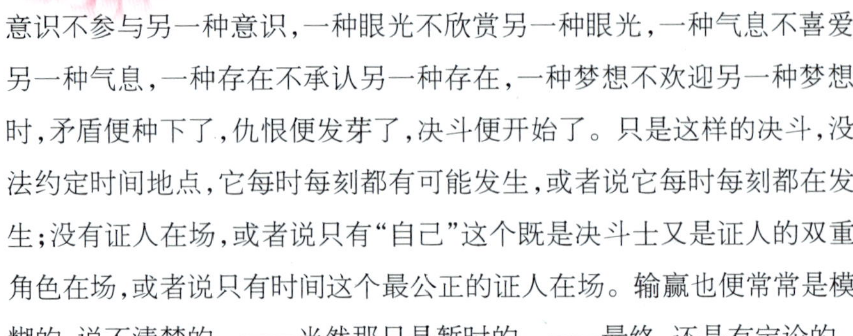

意识不参与另一种意识，一种眼光不欣赏另一种眼光，一种气息不喜爱另一种气息，一种存在不承认另一种存在，一种梦想不欢迎另一种梦想时，矛盾便种下了，仇恨便发芽了，决斗便开始了。只是这样的决斗，没法约定时间地点，它每时每刻都有可能发生，或者说它每时每刻都在发生；没有证人在场，或者说只有“自己”这个既是决斗士又是证人的双重角色在场，或者说只有时间这个最公正的证人在场。输赢也便常常是模糊的，说不清楚的。——当然那只是暂时的。——最终，还是有定论的。

这样的决斗，使用的当然都是隐形武器，比如操守，比如胸怀，比如素养，比如智慧，比如意志，比如毅力。一来二去，也便见出了高低。特别是在关键时刻，武器实在是称得上定夺乾坤的将军、元帅的。凑手的武器，只要有钱是能够买得到的；称心的武器，花再多的钱也未必。要得心应手，自己动手铸造武器是唯一的好办法。把自己的骨血、心跳、体温、气息、汗水、泪水、抗争、隐忍、渴望、呼唤、祈祷、祝福等统统融在一起，加上天地之神气、日月之精华，加上先哲之睿智、圣贤之明慧，一把好剑就铸成了，或一支好枪就做好了。铸器的目的，当然最终还是使自己也成为一种武器，一种“非手、非竹、非丝、非桐，得之心符之手，得之手符之物”的上好武器。

愚公称得上一件上好的武器，和愚公的“傻气”颇有些相似的西西弗斯也称得上一件上好的武器；“给我一个支点，我能把地球撬起来”的阿基米得；“我要扼住命运的咽喉，它休想使我屈服”的贝多芬；在苦斗中高喊着“人不是生来要给打败的”、“你尽可以把他消灭掉，可就是打不败他”的桑提亚哥；“把神的恩赐发挥到极致”的阿甘，等等，无不是一件上好的武器。

“凿壁借光”是决斗，“卧薪尝胆”也是决斗。

这种精神上的决斗，当然也是需要体力的。一个在药液里长期浸泡着的身体，一个在温床上整天滚来滚去的身体，一个“弱云狼藉不禁风”的身体，一个“行若将不胜其衣”的身体，是无力参与决斗的，甚至连决斗的场面都不敢望一眼，更何况亲临其境、赤膊上阵了。

我听说一位老人，八十多岁了，还坚持每天去登山，二十多年了，风雨无阻。这不是“决斗”是什么？我还听说一个七八岁的孩子，一边照顾着长年卧床不起的父母的生活，一边上学读书。这不是“决斗”又是什么？我曾在报上读过这样一个特写：一位像百合花一样年轻的生命，明明知道死神就在不远的地方等着她，窥视着她，觊觎着她，折磨着她，依然平静地、坚忍地写下了一篇又一篇散文，还有一部长篇……这不是“决斗”，又是什么？

自我决斗，看上去并不轰轰烈烈，甚至是冷冷清清的。这种精神上的决斗，从来就拒绝热闹。它像地火似的燃烧着，突然一个耀眼的火光，那是它的灵感，或激动。

我理解这样的决斗。

一个优质的生命就应该是这样趋于完成的。这应该是一种优秀传统。如果这样的传统被抹杀了，废除了，世界也就空洞了，地球也就变成了零。

蹊径独辟　美在新巧 ◎点　点

李渔在《闲情偶寄》中断言：“新也者，天下事物之美称也。”美感在于求新，求新意味着独创，意味着与众不同，本文最大的特色或许就在于一个“新”字上吧。

文章讲的是一个老主题“战胜自我”，可在写作手法上却将比喻运用得非常出彩，通过用大量很具象化的、新巧、贴切的比拟酿造出特定语境，使读者更能神会作者的情感用意。例如，文中“把自己的骨血、心跳、体温、气息、汗水、泪水、抗争、隐忍、渴望、呼唤、祈祷、祝福等统统融在一起，加上天地之神气、日月之精华，加上先哲之睿智、圣贤之明慧，一把好剑就铸成了，或一支好枪就做好了。铸器的目的，当然最终还是使自

己也成为一种武器，一种‘非手、非竹、非丝、非桐，得之心符之手，得之手符之物’的上好武器”一段，将人在自我斗争过程中的各种体验很巧妙地化在铸器的过程之中，在语言表现上闪耀出一种新鲜活泼的风姿。

Part Ten 涉世之初

人需要经验，特别是年轻人。多一份经验，你所获得的可能是你一生的成就，一生的财富，一生的幸福。

靠着心火的照明，在纵横杂乱的脚迹中他小心地辨认着真的人的足印，坚定地前进！

沙滩上的脚迹

茅　盾

他，独自一个，在这黄昏的沙滩上彳亍(chì chù，慢步走，走走停停)。

什么都看不分明了，仅可辨认，那白茫茫的知道是沙滩，那黑漆漆的是酝酿着暴风雨的海。

远处有一点儿光明，知道是灯塔。

他，用心火来照亮了路，可也不能远，只这么三二尺地面，他小心地走着，走着。

猛地，天空闪过了锯齿形的闪电。他看见不远的前面有黑簇簇的一团，呵呵，这是“夜的国”么，还是妖魔的堡寨？

他又看见离身丈把路的沙上，是满满的纵横重叠的脚迹。

哈哈，有了！赶快！他狂喜地跳着，想踏上那些该是过去人的脚迹。

他浑身一使劲，迸出个更大些的心火来。

他伛着腰，辨认那纵横重叠的脚迹，用他的微弱的心火的光焰。

咄！但是他吃惊地叫了起来。

这纵横重叠的，分明是禽兽的脚迹。大的，小的，新的，旧的，延展着，延展着，不知有几多远。而他，孤零零站在这兽迹的大海中间。

他惘然站着，失却了本来的勇气；心头的火光更加微弱，黄苍苍地像一个毛月亮，更不能照他一步两步远。

于是抱着头，他坐在沙上。

他坐着，他想等到天亮；他相信：这纵横重叠的鸟兽的脚迹中，一定也有一些是人的脚迹，可以引上康庄大道，达到有光明温暖的人的处所的脚迹，只要耐心守到天明，就可以辨认出来。

他耐心地等着，抱着头，连远处的灯塔也不望它一眼。他相信，在恐怖的黑夜中，耐心等候是不错的。然而，然而——

隆隆隆地，他听到叫他汗毛直竖的怪响了。这不是雷鸣，也不是海啸，他猛一抬头，他看见无数青面獠牙的夜叉从海边的黑浪里涌出来，夜叉们一手是钢刀，一手是人的黑心炼成的金元宝，慌慌张张在找觅牺牲品。

他又看见跟在夜叉背后的，是妖媚的人鱼，披散了长发，高耸着一对浑圆的乳峰，坐在海滩的鹅卵石上，唱迷人的歌曲。

他闭了眼，心里这才想到等候也不是办法；他跳了起来，用最后的一分力，把心火再旺起来，打算找路走。可是——那边黑簇簇的一团这时闪闪烁烁飞出几点光来，飞出的更多了！光点儿结成球了，结成线条了，终于青闪闪地排成了四个大字：光明之路！

呵！哦！他得救地喊了一声。

这当儿，天空又撒下了锯齿形的闪电。是锯齿形！直要把这昏黑的天锯成了两半。在电光下，他看得明明白白，那边是一些七分像人的鬼怪，手里都有一根长家伙，怕就是人身上的什么骨头，尖端吐出青绿的鬼火，是这鬼火排成了好看的字。

在电光下，他又分明看到地下重重叠叠的脚迹中确也有些人样的脚迹，有的已经被踏乱，有的却还清楚，像是新的。

他的心一跳，心好像放大了一倍，从心里射出来的光也明亮得多了；他看见地下的脚迹中间还有些虽则外形颇像人类但却是什么只穿着人的靴子的妖魔的足印，而且他又看见旁边有小小的孩子们的脚印。有些

天真的孩子上过当！

然而他也在重重叠叠的兽迹和冒充人类的什么妖怪的足印下，发现了被埋藏的真的人的足迹。而这些脚迹向着同一的方向，愈去愈密。

他觉得愈加有把握了，等天亮再走的念头打消得精光，靠着心火的照明，在纵横杂乱的脚迹中他小心地辨认着真的人的足印，坚定地前进！

意象巧妙，文情并茂 ◎ 陈曰光

1896 年，茅盾出生于浙江桐乡。他是中国现代文学的先驱者，同时也是中国最早的一批共产党员之一，面对一个内忧外患的中国，茅盾用那平静的笔尖抒写了这一切，表面不露声色，内在却激情澎湃，写出了一系列作品，如《白杨礼赞》、《雷雨前》、《黄昏》等。

在《沙滩上的脚迹》中，先给读者留下深刻印象的便是文章的结构，有如散文诗的结构，却又不是散文诗，无论从视觉上还是心理上都给人一种“新”的感觉。

文章一开头便出现了一个象征个性形象的“他”，“独自一个，在这黄昏的沙滩上彳亍”，“什么都分不清”，只能“用心火来照亮了路”，寻找方向，面对那是人间，又不像人间的环境，这是何等的彷徨与恐惧，却不得不往前走。忽然，他看到了沙滩上“满满的纵横重叠的脚印”，于不知方向的漆黑中能找到一点儿表明方向的“过去人的脚迹”，那种狂喜的心情可想而知。然而，作者笔锋一转，写到“他”发现了所谓的脚迹分明是禽兽的，“惘然”出现了，“失去了本来的勇气”。可以想象，一个人在获得希望却又瞬间即逝的那种痛苦的心境。惘然中的“他”，只好把希望寄予等待，希望“等到天亮”，能辨认出“可以引上康庄大道，达到有光明温暖的人的处所的脚迹”，在等待过程中，又一波三折，出现了一系列的恐怖意象，不得不“找路走”，随后在看见“光明之路”四个字后“得救地喊了一声”，希望好像又出现了，然而那又不过是魔鬼的引诱伎俩；失望之际，

"他"终于发现了兽迹中的"真的人的足迹",这才"心一跳",渐渐"明亮"起来,心里升起了希望,"坚定地前进"!

文章巧妙、准确地运用了象征手法,虚实相生,通过种种意象,描写了人在寻找、彷徨、悲观、等待、失望、前进中燃起希望的心路历程,表达了作者在逆境中对前途仍充满希望和信心的积极奋进的人生态度。文章虽然短小,作者却能巧妙地通过有丰富内涵的意象,把这一切奇特地展现在读者面前,让人生出无数的想象。

结合当时的写作环境,作者更是想通过这样的文章来给世人以激励,激励着千千万万的中国人要在困境中看到希望,不管前路是多么的黑暗与艰难。

文章文情并茂,人物心理刻画逼真细腻,层次分明,意象多而不乱,情绪历经几起几落,使读者好像身临其境,于离奇曲折中见真义,确实是一篇不可多得的作品。无论在写作当时,还是现在,乃至将来,这篇文章都将激励着人们奋勇前进,启迪着人们有希望便有一切。

人要靠超越来建筑自己的高度,而在所有的超越中,做了错事之后让自己的灵魂"示众"是最困难的一种,也最让人肃然起敬。

让灵魂"示众"的勇气

游宇明

几天前,我的一本散文集出版。利用双休日,我在学校图书馆门口搞

了个签名售书活动，购书的人非常可观。我们开的是“夫妻店”，我负责签名，我老婆负责收钱、给书。

第二天，我正在图书馆一楼阅览室看报纸，突然有一男生走向我，递给我一张钞票说：“老师，我昨天买的书没给钱。”

我当即向男生表示了感谢。我不知道这位男生是以一种什么样的方式拿走书的，但我非常佩服他在光天化日之下让自己灵魂“示众”的勇气。

想起报上刊登的一件事：2002 年某天，一位 70 岁的英国老人詹姆斯在其夫人陪同下来到青岛，将他 65 年前悄悄拿走带回英国的一颗“龙牙”还给青岛水族馆。詹姆斯说：“这究竟是什么动物的牙并不重要，重要的是我曾经拿了别人的东西。”为此，他长期愧疚，并一定要物归原主。

詹姆斯出生在北京，两岁来到青岛。5 岁那年，詹姆斯经常和姐姐去水族馆玩儿，喜欢上了一件动物标本的牙齿，并称其为“龙牙”。詹姆斯把“龙牙”带回英国后一直珍藏着。有感于老人的真诚、淳朴，青岛水族馆后来特地为詹姆斯归还的“龙牙”制作了一个陈列橱。

仔细一想，世界上主要有两种勇气。一种是追求外在成就的勇气，比如情窦初开的人希望找个好对象、做生意的人梦想多赚些银子、写文章的人渴望早点出名……这种勇气改变的是人的身份和地位；另一种是让自己的灵魂“示众”的勇气，比如做错事之后的忏悔、损害了他人之后的勇于承担等，此类勇气修改的是一个人的品行。

人要靠超越来建筑自己的高度，而在所有的超越中，做了错事之后让自己的灵魂“示众”是最困难的一种，也最让人肃然起敬。

贤者深沉 君子坦荡 ◎李 行

《让灵魂“示众”的勇气》很有震撼力。

人是需要有一定高度的。“人往高处走”，不一定仅仅指提高自己的社会地位，它还包含着提高自己的内在品质等内容。那个敢于承认自己错事的男生，那位为还欠了65年的良心债而不远万里漂洋过海的老人，都是那种从内在品质上要求自己不断提高的人，因此成了全文最大的亮点。他们敢于让自己的灵魂“示众”，敢于把自己完完全全地解剖出来，这就是“君子坦荡荡”的最好注解。那个男生拿走书时，心理无疑是复杂的，在经过剧烈的矛盾斗争后，他不给钱就拿走了书。但在接下来的一天时间里，他饱受了这件事的煎熬，所以第二天就把这钱给了“我”，以求良心上的安慰。那位老人也一样，拿走了“龙牙”后，整整65年，他也处于一种煎熬之中，为求良心的解脱，他回来了。这两个人物，都用他们质朴的行为和纯真的思想给我们提供了一种范例——如何提高自己品质的范例。其实，勇气是不需要太刻意去追求的，只需率直地承认，坦诚地面对则可。这就是坦荡荡的君子。要达到“君子”的高度，人就得超越自己；超越自己，就得有直面事实、让“肮脏”的灵魂示众的勇气。正如作者所说，世界上有两种勇气，第一种是追求外在成就的勇气，它改变的是人的身份和地位；第二种是让灵魂“示众”的勇气，它改变的是人的品行。这两个人的行为，都表现出了他们有让灵魂“示众”的勇气，他们都是让人肃然起敬的君子。

古人说：“文似看山不喜平。”但本文语言朴素，只是平平而叙，毫无突兀起伏之处，也一样的引人入胜，动人心魄，其关键就在于成功地塑造了两个坦荡荡活生生的君子形象。而这样的形象，在物欲横流的社会，还多吗？

坚强是摆脱失意的良药。坚强让我们在失意面前永不失态！

脱掉你的外套

李忠宝

一个女孩毫无道理地被老板炒了鱿鱼。

中午，她坐在单位喷泉旁边的一条长椅上黯然神伤，她感到她的生活失去了颜色，变得黯淡无光。这时她发现不远处一个小男孩站在她的身后咯咯地笑，她就好奇地问小男孩，你笑什么呢？

"这条长椅的椅背是早晨刚刚漆过的，我想看看你站起来时背是什么样子。"小男孩说话时一脸得意的神情。

女孩一怔，猛地想道：昔日那些刻薄的同事不正和这小家伙一样躲在我的身后想窥探我的失败和落魄吗？我绝不能让他们的用心得逞，我绝不能丢掉我的志气和尊严。

女孩想了想，指着前面对那个小男孩说，你看那里，那里有很多人在放风筝呢。等小男孩发觉到自己受骗而恼怒地转过脸时，女孩已经把外套脱了拿在手里，她身上穿的鹅黄色的毛线衣让她看起来青春且漂亮。小男孩甩甩手，嘟着嘴，失望地走了。

生活中的失意随处可见，真的就如那些油漆未干的椅背在不经意间让你苦恼不已。但是如果已经坐上了，也别沮丧，以一种"猝然临之而不惊，无故加之而不怒"的心态面对，脱掉你脆弱的外套，你会发现，新的生活才刚刚开始！

面对失意生活的态度 ◎智 者

每个人都有失意的时候，每个人都可能在失意中彷徨，在复杂矛盾交织的心灵中与自己作战。人们也许在失意中才能发现自己的坚强和脆弱，人们也许在失意中才能发现周遭的善意和恶意。失意是对坚强的考验，失意是对脆弱的拥抱。失意是检验人心智成熟的试金石。

这篇短小的文章以一个简单的小故事告诉了我们面对失意生活应有的态度。小男孩想看到失意女孩的窘迫，想看到女孩沾上油漆的外套，想以此来取笑失意的女孩。但是失意女孩却脱下了自己的外套，小男孩看到的是让女孩显得更加青春漂亮的鹅黄色毛衣。失意女孩脱下了被油漆玷污了的外套，也脱下了她心中失意的烦恼。她展示了自己的青春靓丽，也展现了自己的"志气和尊严"。坚强是摆脱失意的良药。坚强让我们在失意面前永不失态！

有的情况下，消极进取"是一种更有效的进取"，虽然表面上有些消极，但它"需要大勇气和大境界做底气"。

在黑暗中打个盹

范晓波

一个朋友深夜开车出车祸飞出了道路，车子坏了，腿也伤得动不了，偏偏手机又没电无法呼救。他独自在寒冷的秋雨和荒野的黑暗中待了 8 个小时，最终盼到了曙光和营救人员。我们感叹一个受伤的人怎样在被孤独放大了许多倍的恐惧中熬过漫长的 8 小时！他的回答却令人吃惊："我先检查了身体，发现没有生命危险又无法实施呼救后，就靠在车子的后座上睡了一觉，以免没有效果的盲动使伤口出血过多带来真正的危险。"

在黑暗中打个盹儿。朋友说，这就是他对付480分钟黑暗最有力的武器。

他的叙述改写了我对去年一起探险事故的遗憾。几个年轻人在黑黢黢的山洞里迷失了方向，被黑暗吞没的恐慌追赶着他们在洞内没有目标地狂跑，结果离洞口越来越远，最后困死洞中。救援人员后来分析，他们最初迷路的地点离洞口其实只有10米左右，如果当时就待在原地让慌乱的心冷静下来，完全能感觉到光明在不远处隐约跳跃。

朋友的幸运和几个年轻人的不幸让我想起时下很流行的一句话——消极进取。看上去逻辑有些混乱，而人生往往就是这样，当你遭遇到工作和生活中种种暂时的黑暗时，并不一定要立即采取对抗行动，在你尚未找到穿越黑暗的方向和途径时，先屏住呼吸在黑暗中打个盹儿也许是一种更有效的进取。只是，它表面上有些消极，并且，需要大勇气和大境界做底气。

在二月里那个和玫瑰有关的节日，一些年轻的朋友则在失恋的黑暗中打着盹儿。他们闻着别人的花香看守着自己的孤独，把一个没有情人的情人节过得馨香四溢。有人对我说，如果为了躲避失恋的阴影而草率地开始新的爱情，结果就会像一个诗人的名言一样：从黑暗到黑暗。并且，往往是从黑暗逃往更黑的黑暗。

看来，需要在黑暗中打个盹儿的，除了灾难降临时的理智、失意时的信心，还应当包括寒风中一束束受了委屈无家可归的玫瑰。

消极进取——人生的大勇气 ◎点　点

我国的儒家哲学强调积极进取，而道家哲学强调"无为而无不为”。究竟孰是孰非？

在人生的进程中，“勇猛精进”式的积极进取和“无为而无不为”的消极进取都是人生的大智慧。它们无优劣之分，无高下之别。它们的优劣高下在于我们在什么样的时间、什么样的地点、什么样的情形下来准确地把握，正确地运用。

这篇文章讲述的是一个消极进取的故事。一个人因车祸受伤而在寒冷的秋雨和荒野的黑暗中等待了8个小时。他在这孤独又漫长的8个小时中没有积极地盲动，只是“打个盹儿”，等待天亮和营救人员的到来。他得救了。与此相对照，作者也向我们讲述了一个“积极进取”的故事，几个年轻人在探险中因为在黑暗中迷失方向而盲动，最后全部遇难。积极进取和消极进取是相对的，可以互为转化。如果在应该积极进取的时候消极等待，那是懦弱；如果在应该消极进取的时候积极行动，那是盲目。也许我们太过于强调积极进取，从而忽视了消极进取。而在有的情况下，消极进取“是一种更有效的进取”，虽然表面上有些消极，但它“需要大勇气和大境界做底气”。

或许跌倒越多，生活就累积越多的经验，人生就趋向成熟越多。就因为，跌倒的次数比站起来的次数少一次！

站起来的次数

洪　玲

一位父亲很为他的儿子苦恼，都已经十六七岁了，却一点儿男子汉的气概都没有。毫无办法之际，他去拜访一位拳师，请求这位大师帮助他训练他的儿子，重塑男子汉的气概。

拳师说：“把你的男孩留在我这里半年，这半年里你不要见他，半年后，我一定把你的孩子训练成一个真正的男子汉！”半年后，男孩的父亲来接回男孩，拳师安排了一场拳击比赛来向这位父亲展示这半年来的训练成果，被安排与男孩对打的是一名拳击教练。

教练一出手，这男孩便应声倒地。但是，男孩才刚刚倒地便立即站起来接受挑战。倒下去又站了起来……如此来来回回总共二十多次。

拳师问这个父亲：“你觉得你孩子的表现够不够男子汉气概？”

“我简直无地自容了，想不到我送他来这里训练半年多，我所看到的结果还是这么不禁打，被人一打就倒。”父亲伤心地回答。拳师意味深长地说：“我很遗憾，因为你只看到表面的胜负，但你有没有看到你的儿子倒下去又立刻站起来的勇气和毅力呢？那才是真正的男子汉气概！”

树根越是深入大地，越能挺拔向上；苔藓在被人遗忘的角落，仍有青春奋斗的足迹。只要站起来的次数比倒下去的次数多一次，那就是成功。

接受挫折 成熟自我 ◎ 陈少霞

从开始学走路起，跌倒便与我们打上了交道，从此，各种不同性质的跌倒如影随形伴随着我们成长了！

大家都知道跌倒后会很痛，有时还会很伤心，甚至对跌倒感到恐惧而选择逃避；可我们有否想过重整旗鼓迎接下一次的跌倒，就像文中的男孩一般？的确，半年不可能培训出一个拳王，但拳王应具有的打不倒的勇气和毅力，他已具备，那么再练下去他肯定会有所作为！

其实，跌跌撞撞在我们的人生中已是家常便饭，可跌倒的人却有截然不同的结局，何解？那是因为，第一，缺少站起来的勇气和毅力；第二，站在身边的是幸灾乐祸者。文中男孩在拳师身边训练，慢慢地有了跌倒就站起来的勇气和毅力，加上他身边的拳师肯助他一臂之力而不是讽刺挖苦他，故他的精神力量已初步具备。如果是他的父亲在身边，虽不会幸灾乐祸，但父亲只以表面的输赢来论学拳的成败，男孩一定会活在他父亲苛责的阴影下！

在现实中，这样的现象并不少。就因为缺少旁人的提点和帮助，我们曾错过多少次站起来的勇气！我的一位同学在学生会临换届时，重重地摔了一跤，没有当上学生会主席。那时他就像一只受了伤的狮子，没有了平日的欢声笑语，没有了平日的意气风发，悲哀地舔着自己的伤口！那段消沉的日子里，帮他站起来的却是他身边的朋友！是朋友们对他的不离不弃，是朋友们肯定的笑容，是朋友们的真诚使他再一次站起来。现在，他虽然不是学生会主席，但却成了主席的好帮手、好伙伴！

“树根越是深入大地，越能挺拔向上”，不知你有没有觉得，每一次的跌倒后总有一些新的体会。其实跌倒越多，生活就会累积更多的经验，人生就更趋向成熟而成功也正是站起来的次数比跌倒的次数多一次！

人，不能陷在痛苦的泥潭里不能自拔，遇到不可能改变的现实，不管让人多么痛苦不堪，我们都要勇敢地面对，用微笑把痛苦埋葬。

用微笑把痛苦埋葬

蒋光宇

二战期间，一位名叫伊丽莎白·康黎的女士，在庆祝盟军于北非获胜

的那一天，收到了国际部的一份电报——她的独生子在战场上牺牲了。

他是她最爱的儿子，那是她唯一的亲人，那是她的命啊！她无法接受这个突如其来的残酷事实，精神接近崩溃的边缘，她心灰意冷，痛不欲生：决定放弃工作，远离家乡，然后默默地了此余生。

当她清理行装的时候，忽然发现了一封几年前的信，那是她独生子到达前线后写来的。信上写道：

> 请妈妈放心，我永远不会忘记你对我的教导，不论在哪里，也不论遇到什么灾难，都要勇敢地面对生活，像真正的男子汉那样，能够用微笑承受一切不幸和痛苦，我永远以你为榜样，永远记着你的微笑。

她热泪盈眶，把这封信读了一遍又一遍，似乎看到儿子就在自己的身边，用那双炽热的眼睛望着她，关切地问："亲爱的妈妈，你为什么不照你教导我的那样去做呢？"

伊丽莎白·康黎打消了背井离乡的念头，一再对自己说：告别痛苦的手只能由自己来挥动。我应该用微笑埋葬痛苦，继续顽强地生活下去，我没有起死回生的能力改变它，但我有能力继续生活下去。

后来，伊丽莎白·康黎写了很多作品，其中《用微笑把痛苦埋葬》一书，颇有影响，书中有这样几句话："人，不能陷在痛苦的泥潭里不能自拔，遇到不可能改变的现实，不管让人多么痛苦不堪，我们都要勇敢地面对，用微笑把痛苦埋葬。有时候，生比死需要更大的勇气与魄力。"

直面困难　笑对人生 ◎ 黄小琼

《用微笑把痛苦埋葬》以故事的形式来展开全文。作者以伊丽莎白·康黎女士的独生子在战场上牺牲的电报作为线索，开篇直奔主题——面临巨大痛苦，人应该作出怎样的抉择？这就牢牢吸引着读者的视线，赶紧阅读下文。

“他是她最爱的儿子，那是她唯一的亲人，那是她的命啊！”突出儿子是她的全部（包括生命），就好像是她赖以生存的水源，无法脱离，让读者体会到母亲失去儿子时的那种剧痛。任何人都无法承受得起这突如其来的残酷事实，都会感到绝望，以致精神崩溃。那么，这位伊丽莎白·康黎女士是如何面对这一剧变的呢？她选择了绝望。当她要离开这伤心的地方时，是一封信挽救了她。那是她儿子在几年前到达前线时写给她的。信上写着“勇敢地面对生活……用微笑承受一切不幸和痛苦”，这正是她以前勉励儿子的话，儿子是带着她的勉励走上前线，走向死亡的。那本是母亲勉励儿子的话，结果，现在变成了儿子勉励母亲的话。她把信读了一遍又一遍，似乎看到儿子就在自己身边，关切地问自己：“亲爱的妈妈，你为什么不照你教导我的那样去做呢？”她顿时醒悟，觉得要好好活下去，才对得起儿子。有了儿子的勉励，儿子仿佛就在身边，从来都没有离开过她，所以她要坚强地活下去，用微笑把痛苦埋葬起来。结果，她真的做到了。

文章叙述波澜起伏，行文自然合理，人物形象鲜明。结尾一句“有时生比死需要更大的勇气与魄力”，使文章更富有内涵，更有感染力和震撼力。

人类，也只有在这种与自己谈话的过程中完善自身，走向进步。

同自己谈话

伊　甸

有人问古希腊犬儒学派创始人安提司泰尼：“你从哲学中获得了什

么呢？”他回答说：“同自己谈话的能力。”正是这种能力的获得，使人的思想和情感有了往高尚和纯粹境界提升的可能。

最初，人凭借自己的努力，从动物群中脱颖而出，成为真正意义上的人：思想的人和情感的人。而人类血液中那残留的兽性，又使人充满各种各样的偏见，以及由偏见所孕育的狭隘和危险的情感。人类历史上的许多灾难来源于人类自身的愚蠢，来源于人类不断发作的痼疾——偏执和自大。人缺乏同自己谈话的能力，也就是缺乏对自己的审察、怀疑、反省、忏悔的能力，缺乏深入探究事物真相和本质的能力。人便会被自己蒙蔽，糊里糊涂地虚耗和损害自己的生命，甚至给别人、给世界带来伤害。

“不识庐山真面目，只缘身在此山中。”人是很难有自知之明的。假如既没有自知之明又狂妄自大，就如一个人衣冠楚楚，彬彬有礼，一派绅士风度，却在屁股后面露出一根毛茸茸的尾巴，让大家忍不住发笑。事实上，这类笑话是司空见惯的。

同自己谈话，就是发现自己，发现另一个自己，发现假面具后面一个真实的自己，发现一个分裂的自己的各个部分，发现自己的局限、偏见、愚昧、丑陋、冷漠、恐惧，发现自己的热情、灵感、勇气、创造力、想象力和独特个性。实际上，一个人多多少少是分裂的，在分裂的各个自我之间进行平等、理性的对话，正是一个人的内省过程，正是一个人的悟性从晦暗到敞亮的过程。正如真理愈辩愈明，在各个自我之间的诉说、解释、劝慰乃至激烈的辩论中，人心深处的仁爱、智慧和正义感就可能浮出海面。

安提司泰尼是善于同自己谈话的。他看到铁被锈腐蚀掉时，他评论说，嫉妒心强的人被自己的热情消耗掉了——他是在同自己的嫉妒谈话，对自己潜伏着的嫉妒作出严正警告；他常去规劝一些行为不轨的人，有人便责难他和恶人混在一起，他反驳道：医生总是同病人在一起，而自己并不感冒发烧——他是在同自己的德行和自信谈话；一次，恶棍们为他鼓掌，他说：我很害怕我已做了什么错事——他是在同自己的警惕性谈话；他认为：那些想不朽的人，必须忠实而公正地生活——他是在同自己的信念谈话……

一生与孤独为伴的存在哲学之父、后精神分析大师克尔恺郭尔，更是善于同自己谈话的人。他在世时，整个世界都不理解他，甚至敌视和厌弃他。他一方面向整个世界的虚伪和庸俗宣战，一方面回到自己内心，不厌其烦地同自己谈话。他在短短的一生中写了一万多页日记，也就是说，他几乎天天在同自己谈话。然而，正是这个“真正的自修者”，这个与人类社会格格不入的“例外者”充满绝望和激情的自我倾诉，许多年后成为震撼人类精神的伟大启示。

伟大的诗人都善于同自己谈话。因为只有同自己谈话，这些话才更具真实性，更有穿透坚硬事物的尖锐性。请看里尔克的最辉煌作品是怎样写出来的：“不和任何人见面，除了对自己的内心说话之外，绝对不开口——这的确是我立下的誓言。”所谓“对自己的内心说话”，就是写诗，换一种说法，写诗就是诗人同自己谈话的一种方式。在同自己谈话的过程中，诗人把自己在生命冲突中经验到的种种图像精确地呈现出来，从而让我们看到了生存的陷阱、灵魂的锯齿、信念的血痕以及万物的疼痛。“谁，倘若我叫喊，可以从天使的序列中，听见我？”然而，“每一个天使都是可怕的”，天使拒绝倾听诗人的声音，那么，诗人的声音只能由自己来倾听。既然只能由自己来倾听，那么诗人的声音必然是可靠的、真实的，摒除了所有的虚伪、怯懦、狂妄和矫揉造作。世界上最感人的作品往往是作者的内心独白，比如里尔克的《杜伊诺哀歌》、卡夫卡的《城堡》和《变形记》、普鲁斯特的《追忆逝水年华》、西蒙娜·薇依的书简……

同自己谈话，既是一种能力和智慧，又是一种德行，一种高贵的人格境界。由于我们的自以为是，我们的浮躁和轻狂，我们卑怯的从众心理和可耻的功利主义态度，我们不愿、不敢和不会同自己谈话。同自己谈话这种能力的普遍丧失，正如假话、大话、空话和套话的久盛不衰，是我们的耻辱和悲哀，也是一个时代的耻辱和悲哀。

倾听自己内心的声音 ◎如 珍

在这个生活节奏不断加快的时代，在这个喧哗与骚动永不停息的社会，我们如何发现自己，加强自己的能力，克服自己的弱点，提升自己的境界？如何认识这个世界，探寻万物的真相和本质？

——请倾听自己内心的声音，与自己谈话！

与自己谈话，就是一种自我反省。只有在内省中，才能发现真实的自己，发现分裂的自己，既发现自己的优点，“发现自己的热情、灵感、勇气、创造力、想象力和独特个性”，又发现自己的缺陷，“发现自己的局限、偏见、愚昧、丑陋、冷漠、恐惧”。只有在这种内心的自我分析、自我领悟后，“人心深处的仁爱、智慧和正义感就可能浮出海面”。

与自己对话是孤独的，所以嚣嚣者众，默默者寡，所以那些大智大慧的哲人、那些伟大的诗人显得如此遗世独立，显得如此与世隔绝。但正是他们时常与自己的对话，才给我们留下了丰富的精神遗产，让我们用更敏锐的目光透析自己，认识世界，让我们看到自己生活的虚伪和繁琐，让我们有勇气挑战未来。

正如作者在最后所总结的那样，“同自己谈话，既是一种能力和智慧，又是一种德行，一种高贵的人格境界”。我们也只有在不断与自己谈话的过程中完善自我，才能走向进步。